篠田治美

ふたりごころ

生と死の同行二人

藤原書店

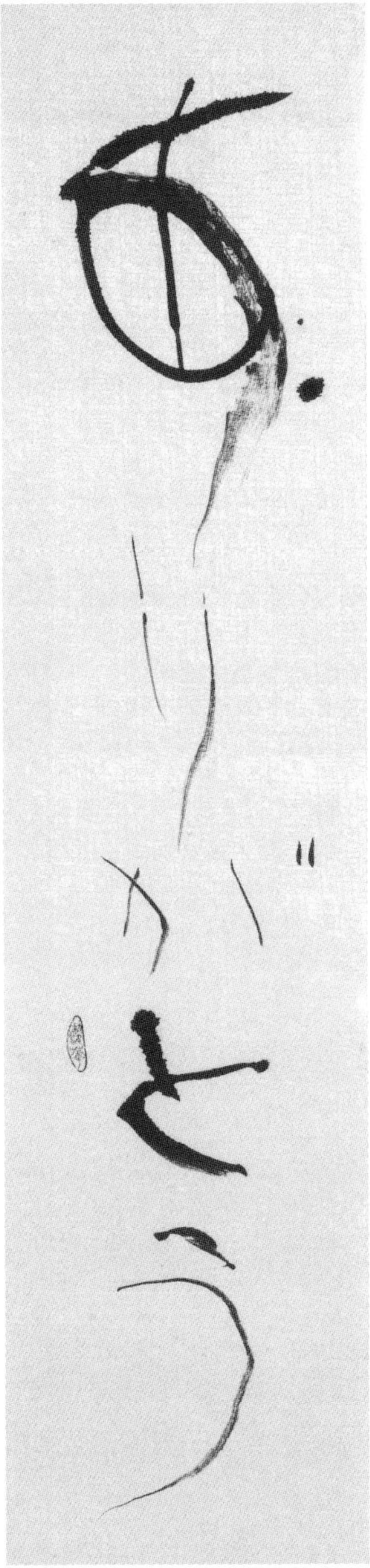

絶筆

一九九六年頃、一八〇×九七cm

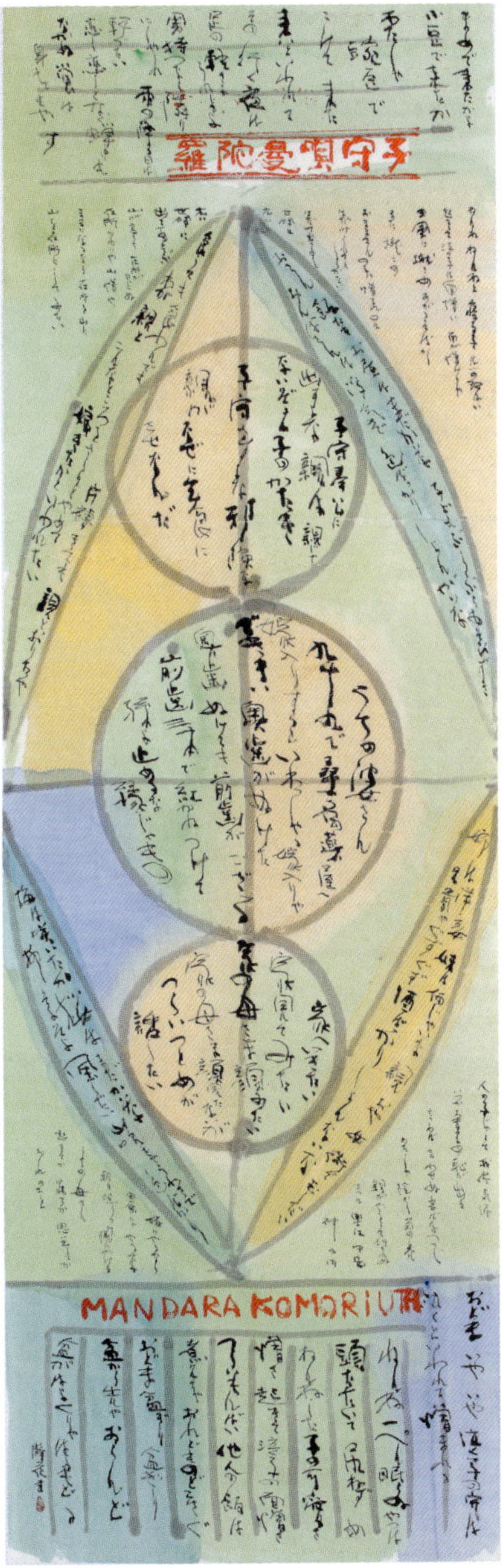

一九九六年頃、二七〇×八七cm

『子守唄曼陀羅』全五巻

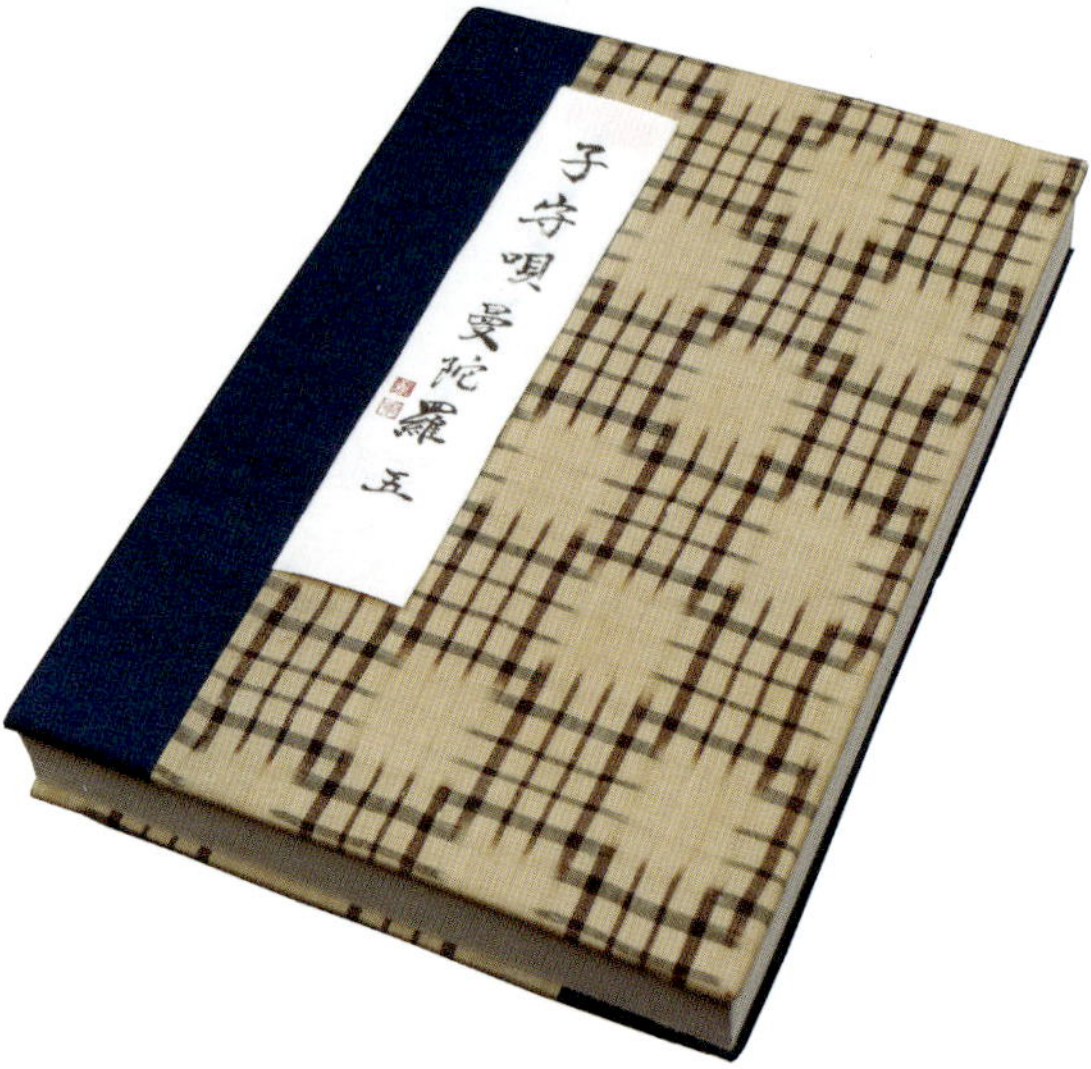

ふるさとは洞《ほら》の中である
めぐりを全て山に囲まれ　谷を巡り
川を越え山を越えて他所へ出る
私の家は村のほぼ真中にあり　家の
真ン前の堤防下には　柳野川が流れ
ていた　この川は大きな谷だった
東の方へ百メートル程　畑の中の径を
歩くと板取川だった　その川は
鮎漁という美しい淵をもつ大川《おおかわ》だった
川には深い緑色の水が滔々と流れて
いた

私は生れた時から　このふたつの川
の音を聞いて育った
小学校のころ二階で勉強していると　すぐ
下の谷の瀬音や　川石の転がる音まで
が聞こえた　耳を澄ますと　大川《おおかわ》の
流れ下る川床に渦をまく　清水の響
までが耳に届いた
風の音　雲の音　山の音　までが私を包んだ
大川は　村中の人びとの喜びも　悲しみも
ひとしく慈しむ川である

広大な大地の上には地平線が
見えなかった土が空につながる
無限大の大空に皓皓と輝く
月を観たとき私しは突如として
体が震え出し滂沱として涙が
溢れ出た
ああ　あの月なのだ洞戸村の月と
おんなじなのだ
あの小さな洞戸村の小さな空に輝く
月とおんなじなのだ

あの時の感激が忘れられない
洞戸村の山の上の月はわたしを
世界につなげてくれました
世界につながるふるさと
世界につながるふるさと洞戸の心といい
そして世界につながる自分の
存在を洞戸村は妙なる自然の
子守唄で育ててくれました

『鶴見和子　短歌六十選』全八巻

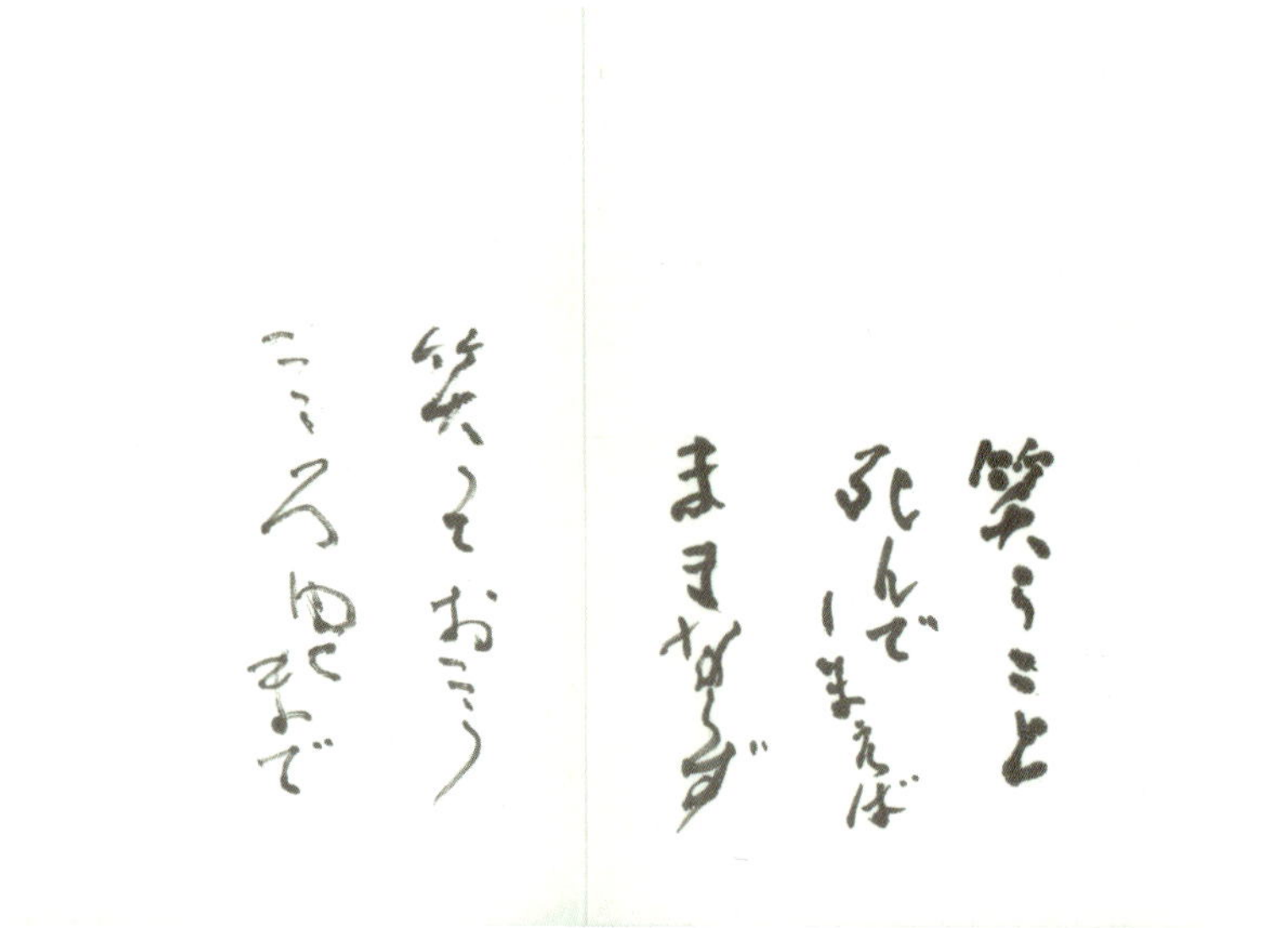

鶴見和子　短歌

篠田瀞花　82歳の頃

ふたりごころ　目次

プロローグ 11

I 生のプロデュース——positive 積極

1 病発覚——ドン・キホーテ……五月 17

観劇——「今日はうどんを食べましょう」 17
病発覚——「限られたいのちを十二分に」 25
同行——「おまえに委ねる」 31
強がり——「ぜったいに退院する」 35

2 心願——個展計画……六月 43

梅漬け——「達成感があるね」 43
基幹病院——「五年、否、三年のいのちをください」 47
兆候——「竹が枯れた」 52
計画——「勝って来るぞと勇ましく」 55

3　敗北――余命二、三カ月……七月六日　62
転移――「癌は切除できないのですか？」　62
余命――「本人がいても、言ってください」　69
決断――「手術していただきます」　72
苦渋――「……」　74
播種――「切除できた？」　83
4　決意――死に向かう生のプロデュース①……七月　90
臍《ほぞ》――「メソメソしている暇はない」　90
ホスピス――「机があれば、書作できる」　96
地域医療病院――「ターミナルをお願いする病院は……」　103
祈り――「助けてください」　106
希望――「辛くなると楽観的な見方をしたくなる」　110
5　使命――死に向かう生のプロデュース②……八月　113
退院――「最後の、大きな作品を書くつもり」　113

衰弱――「なにもできず、横に」 118
出発――「回復を待っていては何もできない」 122
書作――「自分は治らない」 132

6 感謝――防ぎ矢……九月 138
IVH――「まだまだ書にしたいものが」 138
ポート――「戯れも、真剣に」 145
黒リボン――「ありがとう」 149
準備――「旅立ちの装束は浄衣を」 152
寄託――死者の尊厳 154

II 生を怖れず――passive 受容

7 衰弱――受容……十月 161
欠席――「しみじみ生がいとおしい」 161

代理活動——「今日もこうして」 172
帰去来《かえりなんいざ》——「ここが、わたしの家」 176
転倒——「バターン」 182
ぬかるみ——「点滴、止めようかな」 185

8 永生——永劫回帰……十一月 191

在宅——「誰いなくともおまえがそばに」 191
二人——「揺りかごみたい」 196
万世——「日本人として生きてきた」 205
回生——「遺言のつもりで」 211
誕生日——「たいこ焼きの子」 216

9 受苦——弱さを生きる……十二月 219

意義ある生——「思い出して、どうなるのでしょう?」 219
QOL——「生きていた甲斐がある、とするには?」 227
終わり——「がっくり」 231

笑　顔――「死にたい」と言わない　237
平　気――「ろくでなし、なんてひどい」　241

10　無　為――次代にバトン……………一月　244

大いなる無――「うらやましい」　244
梅干し――「あなたが食べているのを見ているのが、嬉しい」　248
求知心――「飛翔には遠いわたし」　251
はばたき――「探したい」　256

11　幽　閉――どんな生も甘受……………二月　258

カラダ――「三十七度のお城」　258
死者たち――「先生　どうしたの?」　260
顔写真――「いい人生やった」　263
意義ある死――「きさらぎの望月に」　265
新　生――「自分は他界する」　268
悟　り――「どんな生も怖れない」　273

つぼみ――「二度とこういう時間は訪れない」 279

12 飛翔――春風に舞う……三月 282

花びら――「もう短い、胸キュン」 282
声涸れ――「……」 287
あくがれ――「起きあがりたい」 294
花の下――「かいてき」 299

エピローグ 306

あとがき 310

ふたりごころ

生と死の同行二人

プロローグ

実家は誰もいない。人気のないシーンとした部屋を通り抜け、わたしはまっすぐに二階に行く。そこは、母シズコさんが書をたしなんでいた作業場、アトリエだ。ドアを開けると、何者かが一斉にわたしに視線を向ける。積み重なった万反の紙、筆架にかけられた幾本もの筆、棚に置かれた大小さまざまの硯《すずり》、大きな墨のいくつか。シズコさんがささやかながら後半生の杖とした書の用具である。

机の上に、とくべつ毛の細く長い筆がある。毛の部分直径五ミリ、長さ十五センチほど。シズコさんは超々長鋒が好きだった。筆管に購入日が書いてある。平成十七（二〇〇五）年二月十四日。病発覚のほんの三ヶ月前だ。これから何を書こうとしていたのか。

シズコさんの作品を臨書してみる。ほとんどたしなみのないわたしは、字の形、文字の配置、そしてどのように筆を動かすと、墨量たっぷりとした線から、細い線になり、あるいはかすれるのか。実際に筆を持って辿る。すると、文字線における墨量の潤渇、濃淡、大小、運筆の強弱、深浅、遅速、それらが筆の進む一瞬ごとに微分的に変化し異なっていることに気づく。それら微妙な変化を真似ていくと、ことばと文字の流れに寄り添う身のリズムが感じられ、メロディが聞こえ始める。文字線には現れない、その文字を書いたときの宙を走った身体の動きまでが立ち顕れ、それを揮毫《きごう》したときのシズコさんの呼吸が、精神のうごめきが、わたしの身の内に立ちのぼる。

お軸を開く。

「ありがとう」

大きなひらがな五文字、シズコさん最後の半切紙（三五×一三六センチ）の作品である。超長鋒の細線は、子どもが書いたように邪気がない。紙は、銀色の砂子を和紙の内側に敷いて漉《す》かれた銀潜紙。薄墨の文字線は紙の光沢ある銀色に映じ、老婆の白髪のような輝きを放っている。

わたしはお軸を横に置き、練習用の単宣という紙を広げる。

シズコさんはいつも立って書いていた。腕から筆先までまっすぐ一直線になっていた。わたしもそのようにして、膝をかがめ一メートルほどの距離を隔て、「ここだ！」と筆を紙に突っ込む。わたしの呼吸は、身体は、宙を介してシズコさんのそれと共振する。

肉体はほとんど力なく衰弱の極にあったというのに、シズコさんの「ありがとう」は紙の面から飛び出して聞こえてくる。身近に睦みあった人、袖振り合った人々に、そうして自分がこの地上に生まれ出て来た巡り合わせ、仕様の合わせたる「仕合わせ」に、全身で呼びかけている。

「ありがとう！」

わたしも、いやわたしこそ「ありがとう！」

死に向かってひた走る日々、その人の肉体と精神のすべてを、日常生活の有象無象《うぞうむぞう》とともに意思と尊厳のすべてを受けとめ、たどたどしくも紆余曲折しながら、わたしは死のすぐ傍まで一緒に駆け抜けた。わたしは病者本人ではないのに、健康な肉体を持ちながら病死に歩みを進める当事者だった。そうして死者は死の側に行き、わたしの方は死というものを経験しながらなお生き、生きながら「死」を内に持つことになった。死が身の内に入り込んだ。

俳人金子兜太氏のことば「ふたりごころ」とは、そういうことをいうのだろうか。金子氏との対談『米寿快談』（藤原書店）で鶴見和子氏は言う。「病人の世話を自分がほんとに背負って立つ時、人間はほんとの真人間になるのよ。そこで金子さんのおっしゃる〈ふたりごころ〉になるのよ」

ベッド脇のポータブル・トイレにも立ち上がることができなくなった晩秋のこと。はじらいとためらいのなか、シズコさんは言った。

「こんなふうに、人にパッドを交換してもらったことある?」

わたしはいたずらっ子のような笑みを浮かべて言った。

「ある。小さい頃、シズコさんにしてもらった」

「そうだ!」

シズコさんは言った。

「今度は自分が、おまえの内に入っていこう」

Ⅰ　生のプロデュース——positive　積極

1　病発覚——ドン・キホーテ……………………五月

観劇——「今日はうどんを食べましょう」

始まりはドン・キホーテだった。

「こんど、『ラ・マンチャの男』を観に行かない？」

「松本幸四郎のミュージカルのこと？」

「そう、ドン・キホーテ。名古屋中日劇場でやるの。これをどうしてもあなたと一緒に観たいと思って、数カ月前からチケットを手配していたの」

わたしたちは岐阜市に住んでいる。名古屋は電車で二〇分の、生活圏内の地である。二十年ほど前にも、シズコさんはこの上演を一人観ている。わたしたち子どもを育て終え、親たちを順次見送り、夫も仕事の第一線から退いてゆったりと過ごす頃になり、妻として母として、また親たちに対しては子としての役割を果たす暮らしが終わる頃、六十歳を目前にした昭和五十四（一九七九）年のことである。

これからは、家族のなかの役割から離れた自分を生きることになる。これまでは、家族のみんなが職場や学校へと出かけていくのを見守り、それぞれの生活がうまく運ぶよう、潤滑油となり心配りをする。自分のところから日々みんなが飛び立ちまた戻ってくるのを迎える、家庭の航空母艦だった。これからは、自分ひとりの舟を漕ぐ。自分はその時の来るのを待ち望んでいたが、どうすればそのような暮らしを拓くことができるのか。生活の大転換を果たさなければならない、と。そんなことを予感しながらも、あてどなく、地に足の着かない日々のなかにいた。

「何を目標にして生きればいいのか」（昭和五十四年、シズコさんの日記）

停滞のうちに佇《たたず》んでいたシズコさんは、ドン・キホーテに大いに心揺さぶられた。ラ・マンチャという小さな村の男、彼は有力とはいえ一介の農民である。それでも、自らを正義と理想に向かう騎士と見なし、ドン・キホーテと名乗って旅に出る。旅ゆく道をはばむ風車に出遭えば、それをものともせず、果敢に立ち向かう。夢と理想の前に立ちはだかる外敵や困難に、どれほど打ちひしがれようとも、なんど挫折しようとも、笑われようとも、「見果てぬ夢」を追いかける。そんな物語だ。

シズコさんは感激のあまり、すぐに劇中の主要な曲「見果てぬ夢」の歌詞を大きな紙に筆で書いた。

「夢は稔《みの》りがたく／敵は数多《あまた》なりとも／胸に悲しみを秘めて／我は勇みて行かん」

晩学にして独学の書字は拙い。それでも思いを前に投じて進もうとする情熱のせつなさが、その薄墨色ににじみでる。

その十年ほど前から、シズコさんは書の手習いを始めた。通信教育で書の師範を得、近隣の子どもたちを教え、「習字おばさん」となった。戦前に、シズコさんは小学校の教師をしていた。戦時下にあって、妻、母、教師を務めるのは難しく、心惹かれる思いを残して教職を辞した。子どもが好きで、子どもたちと接していれば、それだけでドキドキするような面白さを感じる。とはいえ、子どもたちを教えることが自分の「見果てぬ夢」なのか、と自問した。

ドン・キホーテは心の内に理想の美しい女性「ドルシネーア」を想い、その幻の美しさを守ろうと腐心した。自分にとっての「ドルシネーア」は何なのか。心の片隅で問いかけた。焦りと戸惑いのうちに、ドン・キホーテが心の中に住みついた。

初めて観た時の主演もまた、市川染五郎と名乗る時代の、若き幸四郎である。はまり役となって二十年ばかりが経ち、幸四郎は若々しくも活力ある老成を見せていた。シズコさんもまた二十余年を経て、初学の拙さを脱し、自分らしい書字をものするようになっていた。書仲間やお弟子、また近隣の人たちは「先生は百歳までかくしゃくとしておられるでしょう」と言った。体操とスクワットで肉体の自己管理をし、自分のなかの書の「ドルシネーア」を想い、「稔りがたく」とも「勇みて行」こうとしていた。


「一緒に来ることができて、よかった」

八十四歳のシズコさんが娘のわたしを誘ったのは、わたしが六十歳を前に人生に戸惑っているのを見て取ったからにちがいない。教員として三十余年。生徒たちと接していれば楽しく面白く充実感もある。その心の片隅で、「このままでいいのか」と問いが渦巻いていた。組織を離れ「学校の教員」でなくなってなお、自分として一人立ちできる力がわたしにあるのか。年々に接する子どもたちの成長を我がこととして喜ぶ日々の傍ら、かすかな焦りが心のなかに巣食いはじめていた。

シズコさんは、昔からいつもこんなことを言っていた。

「岐路に立ち、一方は易しい道、他方は困難な道があるならば、困難な道を選びなさい」。理想と夢に果敢に立ち向かうのを良しとする、ロマンの持ち主である。「風車」が立ちはだかるならば、果敢に闘いを挑むがよい。人間は理想と夢を追い続ける「騎士」なのだ。「騎士」たる者は美の化身ともいうべき理想の貴婦人を、身を挺して守るものである。あるともないとも、摑み取れるとも摑み取れないともわからぬ美の理想「ドルシネーア」を探し求めるがよい、と。

ドン・キホーテはシズコさんにつねに寄り添い、その生き方を励ましてきた。観劇に誘ったのは、わたしにもまた、「騎士」として美の理想「ドルシネーア」を求め、立ちはだかる「風車」に立ち向かえ、とさりげなく励まそうとしたのにちがいなかった。それは、もちろんそうだった。


「今日の夕食はうどんを食べましょう。味噌煮込みうどん!」

名古屋ならではの味噌煮込みうどん、一緒に外出した時にはしばしばその店に立ち寄った。とはいえこの日は、観劇をプレゼントしてもらったお礼に、わたしは少し豪勢な食事に誘おうと思っていた。

「でも、今日はうどんを食べましょう」

ビルをいくつも通りすぎ、目指すお店にたどり着くと、席待ちの客が十数人も並んでいる。

「別のお店に行こうか？」

「待てばいい、ここにしましょう」

言うが早いかシズコさんは店の前の順番待ちベンチに腰掛けた。

「今日はうどんを食べます。その理由は帰ってからお話しするわね。今晩はあなたの家に泊めてもらいましょう」


シズコさんとわたしは、別々の家に住んでいる。ともに一人暮らしである。父が亡くなって母シズコさんが一人になった数年前、わたしは一緒に住むことを考えた。

「シズコさんはクルマを運転しないから買物も不便だし、八十歳にもなって町内の役員を順番どおり引き受けてこなすなんて、たいへん。一軒の家の切り回しはそれだけでいろいろある。そういうことを全部わたしに任せて、わたしの家に住んだら？　書作三昧の生活をしたらいい。これまでできなかったでしょ」

「ありがとう。でもね、あなたが仕事から帰ってくる頃かと思えば、筆を措いておかずの一つも用意してあげようと思ってしまう」

「そんなことしなくていいよ。夕食を作ってもらおうなんて、まったく思っていないよ」

「しなくていいと思っても、大正生まれの女の習い性、ふと気になってしまうの。何にも捕られることなく、夕食も忘れて書を書いてみたい。思うがまま、天涯一人を楽しんでみたいの」

「〈我が・まま〉に、思うとおりやったらいい。だから、家の管理や町内のことなど何も心配りしなくていいよう、わたしの家に住んだらいい。自宅アトリエには〈通勤〉するの。送り迎えするよ。タクシーを使ったって遠い距離じゃない、気ままに行き来するの」

「でもね、あなたと一緒に住めば、あなたになにもかも頼ってしまって、書までできなくなってしまうような気がするの」

跡取り娘だったシズコさんは、ふるさとから母親と祖父母の三人を引き取り、また夫を立てる夫唱婦随を生き、わたしたち三人の子どもを育ててきた。夫婦と子どもたちという近代家族を生きる一方、ふるさとや親たちそして先祖を想い、細々ながら続く家の継承発展を使命としてきた。社会や文化の状況が大転換する時代にあって、相反する二つを重ね合わせようとすることは、時に難しく、「風車」の立ちはだかる道をひとり奮闘した。それでも、その使命感が、シズコさんの背中を押し、背筋をピンとさせてきた。

「一人になって、何も怖いものがなくなった」

八十歳を過ぎて初めて手にする自分一人の生。何ものでもない自己一身を自分の持ち分のままに生きてみせよう、とシズコさんは思っている。人を気遣う喜びも、楽しみもある。自己一人に自身が責任を持つ生活は、気ままであるよりむしろ、厳しくもある。それでも、人生最後の機会として、それを楽しんでみせよう、存分に生きてみせよう、とシズコさんは思う。

「人生のなかで、八十年を経て、はじめて自分一人の生活をする。この解放感を満喫したいの」

わたしとシズコさんの家は二キロばかり離れている。一人暮らしのわたしは、若いころは自分のために、年齢を経てからは親のために、なるべく近いところに居住しようとした。シズコさんが一人になってからは、折々食事を共にし、またお茶をしたり、独立と共助のほどよいバランスを取りながら、付かず離れずの生活をしていた。

シズコさんが観劇に誘ったこの日は、初めから終わりまでシズコさん主導だった。その夜、わたしの家に一泊したシズコさんは、翌朝、爽やかな風を頬に受けながら、庭の新緑の揺れるさまを見ていた。日曜日のゆったりとした時間が流れた。シズコさんは朝食にヨーグルトを食べたきり、パンもトマトも残した。

「トマト、食べないの？　好きでしょ」

シズコさんはそれにには応えず、庭から視線を移して言った。
「一週間後の五月三十一日、クリニックにあなたに一緒に行ってもらいたいの。医者が身内の誰かと一緒に来るように、って言うから。昨夜、うどんを食べようと言ったのは、医者にうどんなど消化のよいものを食べるように、と言われているからなの」

病発覚――「限られたいのちを十二分に」

その日、街中のビルの四階にあるクリニックにシズコさんと出かけた。夕方遅くに行ったのは、わたしの仕事の都合に合わせたからである。長年の正教員の生活から非常勤となって丸一年が経つこのときも、わたしは職業的仕事を第一とする習性が身についていた。というより、事の重大性を充分察知していなかった。というより、うすうす感じながらも、目の前の日常的現実を優先していた。病気があったにしても、なんらかの治療によってしばらくすれば治り、いつもと変わらぬ日々が続く、と無意識のうちに思っていたようである。

医師の前に呼ばれ「娘です」と挨拶すると、わたしと同じ年のころと見える六十歳前後の医師は、わたしをまじまじと見た。

「さあ、この人たちには気合いを入れて話さなあかんな」

まなざしの厳しさに反して、やわらかな岐阜弁で二度繰り返した。

「いまあるデータ、僕がやったわずかの検査データで、九〇％答えは出ている。腫瘍が尿管を巻き込んでいる。お腹の下の方にかたまりをつくっていると推測される。完全に治し得る病ではない。今後の対処法は、痛んできたら痛み止め、副作用の強い薬を使う、胃袋を切る、この三つの方法がある。治ることはありえない。遠からず腎障害が来る。三つの方法のうちどれにするかは、意見が分かれる」

医師の説明はきわめて具体的だったが、日常的なことば遣いのために、逆に、臨床的なイメージが湧いてこなかった。要するにどういうことなのか。それでどうすればいいのか。医師は終始、患者ではなく付き添いのわたしに向かって話す。そこに、いつもとは異なるただならぬものを感じた。

「原発は胃です。どこかの病院で、どのていど悪いか調べてきたら？　うちで調べてもいいけど、欠点がひとつ。ほんとに痛くなってゲボゲボしはじめたら、そのときには外来に通ってはいられない。入院させてくれるところのほうがいい。いよいよ悪くなってからでは、病院を選んでいる暇がない。今のうちにご挨拶かたがた行ってきたら、ということです」

怖れが直感的に押し寄せた。半年やも知れぬ、と思った。それでも、漠然とした怖れだった。「もしそうだったら」という仮定の上、だった。

そのとき、シズコさんが口をはさんだ。

「あと五、六年のいのちと言われるなら、その年月をわたしは十二分に生きたい」

年齢からすれば、それだけで充分秒読み段階であり、何があろうと不服を申し立てる齢ではない。ただ、シズコさんの場合、これが自分の書作、というものに開眼し、邁進し始めたところである。これまでは家族のことを優先し自分のことを後回しにしてきた。気づけば盛りの時は過ぎ、いのちの限りが来ている。やり残していること、やっておきたいことが次々に湧き上がっている。やらなければ、この世に生を受けたかぎり、お天道さまに申しわけがない。いのちの限りは、とうに自覚している。覚悟している。治らないならば、それを甘受しよう。ただ、いのちの限りを充実して生きるには、どうしたらいいのか。今どうできるのか。

医師はじっと黙っている。沈黙の闇を割るように、またシズコさんが言った。

「わたしは書をやっています。大きな作品を書きますので、立って書きます」

「それはもう難しいです」

医師は激しく、困ったように、シズコさんのことばを遮った。しばらくの間の後、医師はそれまでとは調子を変えて、ことさらに軽く、優しい口調で言った。

「その手の話をすれば、○○基幹病院の内科部長が理解してくれるでしょう。あの人は趣味で日本画を描く人だから。そっちの病院へ行ってみなよ」

医師は基幹病院の名を挙げ、勧めた。検査、手術、治癒という流れを、わたしは思い浮かべた。その瞬間、治る可能性への期待がよぎった。基幹病院が担い、得意とするのは治癒である。いったんは治し得る可能性があるのだ、とわたしは思った。

「治らない」ということばを、シズコさんは生の期限が切られた、と受けとめた。

「四年後に個展を開く計画をしています。さっきおっしゃった三つの治療法のうち、どれを選ぶのがいいでしょうか」

医師は口をつぐんでじっと黙った。沈黙が通り過ぎる。こんどは、わたしが問うた。

「日常生活がより快適に長く送れて、シズコさんのやりたいこと、書活動がより長くできるには、どのような方法がありますか?」

医師はわたしに向かって応えた。

「さっき言ったとおり、三つ。痛んできたら痛み止め、副作用の強い薬を使う、胃袋を切る、この三つの方法。ただし、どれを選ぶかは意見が分かれる」

「先生は、どの方法をお勧めになりますか？」

「ここに医者が三人いれば、三通りの意見が出る、ということです」

煮え切らない回答に、わたしは何度も同じ質問を繰り返した。医師は困ったような表情を浮かべながら、なお同じ返答を繰り返す。わたしたち母娘はともに、いのちが限られたことは潔く認識した。ただし、今日明日のいのちとまでは思わない。一方で、医師はわたしたちの理解に戸惑い、かといって直截な表現は避け、できるかぎりさりげなく、かつ正確に語ろうとしていた。何度目かの同じ問答の果て、医師は言った。

「僕が今出している薬に一定の効果はある。傷つきやすい粘膜を保護するという一定の効果は。ただし、もとの病気そのものは治ることはない。そういう事態だから、それなりの状態であるので、今すぐ、全体のことを、さいごまでのことを決めようったって、簡単には決められない。それはあわてずに、その時そのときで考えなきゃしょうがない。ただ、船頭をどこに求めるか、その問題が今ある」

その瞬間、シズコさんが医師に頭を下げ、明るく言った。

「先生に早く見つけていただいて、よかったです」

「早くないよ」

わたしは怒るように遮った。

その口調の激しさに、シズコさんは黙った。医師はわたしたち母娘の会話に一瞬沈黙し、それを和らげ慰めるように、ゆったりとした口調で切り出した。

「それはそれとして、ここからやれることをやっていくしかない。いろいろな不都合がこれから起きてくるでしょう。本人の希望と、病院のなしうることと、それを見極めつつやっていくしかない」

一呼吸置いたあと、医師はきわめて慎重なことば遣いでしめくくった。

「胃そのものに問題があることから、いのちにもかかわる状態であるので、そういうことをふまえて、完全に治すことはきわめて困難であると思われるので」

医師はその一瞬、改めてわたしの方を見た。そうして厳しくも諭すように続けた。

「完全に治すことはきわめて困難であると思われるので、そのつもりでみなさんが行動すべきである。以上、今日はここまで」

医師は、楽観を捨てきれないわたしたちを諫めるように、断言する口調で言った。

同行――「おまえに委ねる」

クリニックを出て家に帰り着くや、シズコさんはソファに身を投げ伏せた。

「強がっていなければ自分が保てない！」

顔に腕を置き、顔を隠したまま、コトリとも音を立てず、じっとしている。午後八時。普段なら、二人で外出すれば、外食を楽しんで帰ってくるところである。シズコさんを家に送り届けたなら、わたしはそのまま自宅に帰るところである。この日ばかりは違った。シズコさんを一人にしておくわけにはいかない。また一方、一人にしてあげなければ、とも思った。居間にシズコさんを残し、台所に立った。しばらく夕食の準備をした。

医師は「いのちにもかかわる」状態と言い、「治ることはない」と言っている。それなのにシズコさんは「早く見つけていただいて」と明るい声で感謝まで述べた。あのとき、シズコさんはのんきだ、事態を取り違えている、究極の心配に怯えるどころか、あらぬ方に一人歩み出している、とわたしは思った。あれは、シズコさんの強がりだったのか。わたしはといえば、当事者をおいて、一人崖っぷちで孤軍奮闘する、そんな淋しさに襲われていたのに。

それでも、医師に向かってシズコさんがにこやかに感謝のことばを述べた時、わたしはシズコさんは認識を間違えていると思う一方、もしかしたら「今すぐ」「最期まで」のことを考える必要はなく、基幹病院に行けばさらに「一定の効果」は見込めて、「あわてず」ともよい、と時間の猶予があるのかもしれないと思い直したのだった。わたしは、シズコさんが医師のことばを切れ切れにしてつなぎ直し、楽観的な理解に持ち込んでいると思ったが、それはわたしの方だった。帰途のクルマの中、わたしは究極の心配を棚上げして、時間の猶予はあるのかもしれない、とホッとさえしていたのだから。

あのとき、五年の命を否定する医師のことばに、わたしの顔色はにわかに変わった。シズコさんは見逃さなかった。自身が病の深刻さを受けとめるのを後まわしにして、わたしを安心させようとした。だから、「早く見つけていただいて」とわざと明るく対応した。わたしを守ってやらねばならない、心配させてはならない、と気遣った。むろん、自身が動揺するまいとする緊張の裏返しでもあろう。しかし、シズコさんは真っ先に付き添うわたしを思いやった。自分のことでわたしを動揺させまいと気遣った。

それでも、「治らない」と医師からはっきりとことばにして示されてみれば、強がりを保っていることはできない。居間からは物音もしない。わたしはそっと居間を覗く。シズコさんはソファから身を起こし、膝を抱えてまっすぐ前を見つめ、般若のような顔で彼方の一点を睨みつけている。わたしは、わざと元気よく声をかけた。

「ごはん、できたよ。食べよう！」

食卓をはさみ、シズコさんは静かにこう切り出した。

「四年後に米寿を記念して個展を開こうと考えていたから、あと五年ほしい。作品制作に三年。それでも、三年が無理なら、二年でもいい。二年あれば書ける」

「わかった、わたしが支えるよ」

シズコさんは、一足先に逝ってしまった自分より年若い二人の師が、死の直前まで筆に立ち向かっていた姿を思い浮かべていた。わたしは、一年前に旅立った恩師のことを思った。病発覚後三カ月にして逝ってしまわれた。シズコさんとほぼ同年齢の師である。高齢者は病の進行が遅いと言われるが、そうとばかりはいえない。

「シズコさんのことはわたしが最期まで看る。何があろうとも」

数年前にも、こう言ったことがある。いつも自分のことよりわたしたちのことを気にかけ、思いやってくれた。母親が子を思うのはごく普通のこと、取り立てて言うほどのことではないだろう。それでも、わたしはそれにずっと支えられてきた。ありがたいと思っている。シズコさんは、そのときそのときの自分の役割を果たしながらも、その一方で、自分というものを生きようと、餓えるようなあがきをもって挑戦している。その姿を、親子を越えて、愛しいと思ってきた。

「自分の強がりも含め、受けとめてくれるのはあなた。おまえに自分のすべてを、病も、その対処も、生活も、すべて任せる、委ねる」

シズコさんは泣き顔で応えた。わたしはしっかりと肯いて、にこやかに微笑んだ。内心は震えていた。シズコさんの生活と生存を、わたしが支える。衰えゆくことの辛さに寄り添い、愛しい者のその姿を看続け、その生と死のすべてに全責任をもつ。なんという重み。まだ始まってもいないのに。

かつて、姉はたしなめるように言った。姉は姑を、義理の兄弟の嫁三者で輪番に看取ってきた。

「豪語しない方が、いいよォー。年寄りの介護は、現実になったら、誰だってすぐに音をあげるんだから」

シズコさんの子どもは、わたしと姉、兄の三人。わたしは二キロばかり離れた、いわば「スープの冷めない距離」に住み、新たな家族をもたない。兄と姉は遠く他県に住み、それぞれに家族をもつ。彼らは自分たち夫婦がつくってきた家族を大切にする。夫婦単位の核家族が多くなった現代では、ごく一般的な通例である。きょうだいをあてにはできない。

その夜、わたしは一人机に向かい、日誌ノートに書いた。

「①腫瘍。かなり難しい段階。②最期までを委ねられる病院を今から探せ」

「選択肢の順　①太く長く　②太く短く　③細く長く　④細く短く」

思えば、選択肢なんて、わたしたちには残されていなかった。医師が伝えようとしたことは「最期は近い。最期を委ねられる病院を今すぐ探せ」、だった。しかし、「最期まで」の期間の猶予を思い、「今すぐ」ではなく「今から」と受け止めた。緊迫感がありながらそうでもなく、思えば、現実感の伴わない浮遊状態だった。

強がり――「ぜったいに退院する」

数日後、クリニックの医師が紹介する基幹病院に赴いた。ベッドが空き次第、検査入院することになった。

その数日後。夜八時、シズコさんから電話がかかった。声には急《せ》くような興奮がある。

「今日、病院から、明日十一時に入院せよ、と電話があった」

今日の明日とは余裕のない通告、あと十五時間しかない。まるで戦時の赤紙のような性急さである。否、わたしたちにとっては「戦時」である。

「十二時ではいけないかな？　それだと仕事の都合がいいんだけど」

ここに至ってまだ、わたしは事の重大さに向き合っていなかった。日常を優先するボンヤリさんだった。

「あなたが十二時に来てくれるなら、十一時の入院には一人で行くからいいよ」

シズコさんも日常的な気遣いのなかにいる。それでも、声にかすかな陰りが混じったのに気づく。

「今からすぐ、そっちに行くね」

「仕事から帰ったばかりでしょ。わざわざ来なくていいよ。あなたも疲れているでしょう」

「スポーツジムに水泳に行こうと思っているから、ついでにそちらに寄るね」

「ついでがあるのなら……」

すぐにクルマを飛ばした。五分もすれば着く。わたしの姿を見るや、シズコさんはにわかにほっとした表情を見せた。そうしてソファにへたり込んだ。明日はやはり送って行こう。上司に電話し、休暇を願い出た。

「明日、送っていけるよー」

わざとのんびりした調子で言った。シズコさんは急に快活になった。

「今日はね、数日来気にかかっていたことがあって、街までバスに乗って行ってきたの」

瞬間、わたしは遮った。心配が叱責になっていた。

「なんでタクシーに乗っていかないの⁉　入院前ですることがいっぱいある時に、時間をかけて、バスに乗って、体力使って、行くなんて。わたしがクルマで送っていったのに。なんで言ってくれないの！　頼む、って言ってよ！」

「そんなふうに、叱るように、言わないでちょうだい……。自分一人で行けた、と思うだけでも嬉しいのだから……」

消え入るような声で言う。思いやりであれ、励ましであれ、叱声に耐えうるのは心身の力が強く整っているときだ。老いて体力なく、まして病と死の究極の苦に迫られているとき、その思いに耐えるだけで精いっぱいである。

わたしは、シズコさんを支えたいと思いながら、わたしの方こそ渦中にはまり込んでいた。短い時間を有効に使ってシズコさんが万端の準備をするように、と気が急いていた。そのためには何でも手伝おう、と思っていた。シズコさんは頼らない。心配をかけまい、迷惑をかけまい、と気を張っている。優しさと強さがないまぜになっている。自分で自分のことをする、できる。それを確かめることで、「自分を保とう」としている。懸命に、気丈にしている。

「スクワット百回腕立て伏せ十回それでも病気ってなんなのそれ!!」

シズコさんは経文の裏表紙にこれを走り書きしている。厳しい見通しを余儀なくさせる診立てを受け容れつつ、また受け容れられない。仏を頼み己を恃《たの》む。相反する心持ちに葛藤し、疲れ、また怯える。わたしは、シズコさんの弱さと強さ、雑草の根っこのような一筋ならぬ勁《つよ》さをありのままに受け容れよう。あるがままに寄り添うこと。優しく、かつ明るく快活に。大いに反省した。

それまでわたしは、充分な大人になってからも、年齢を重ねているシズコさんを老いて庇護される弱い人、と思ったことがなかった。小さいころからいつも、わたしはシズコさんに抱き止められ、守られてきた。その胸に飛び込めば、怖いことなんか吹っ飛んで行く。いつまでも、自分が子どものときのような頼もしく強いシズコさん像を見ていた。弱くなっていく親を受け容れる。その子どもの方の辛さを、当の親に受け容れてもらいたい、受け容れてもらえる、なんぞとわたしは思い込んでいたのだろうか。

強かった親は、弱くなっている。否、シズコさんは弱くなる自分と闘っている。沈黙が流れた。

しばらくして、独り言かと思う小さな弱々しげな声でポツンと言った。

「一人で出掛けたことを、誉めてくれるかと思った」

体力の陰りを感じる不安、入院にむかって準備する緊張。もっとも厳しい予測も排除しきれない。だからこそ、しっかりしなければならない、とシズコさんは張りつめている。強さのなかに弱さが、弱さのなかに強さがある。これまでだったらピシャリとこう言ったはずだ。

「自力で精一杯やろうとする強がりを、まず受け容れてください。欲しいのは優しさ、真っ先に優しいことばです」

丸ごと頼り切って自分というものがなくなってしまう人ならば、「おんぶして、抱っこして」がよい支援、援助になるのだろう。シズコさんは違う。クルマに乗せてもらうことより、行きたいところに楽に連れて行ってもらうことより、自分で考え自分で行動する力を真っ先に尊重してもらいたい、と言っている。

「思いやり」はともすると主体性を踏みにじりかねない。上位に立って、相手の判断力や行動力を無化し、なんでも手を差し伸べ、相手に取って代わろうとする。主体剝奪を思いやりと取り違え、それに気づかぬ無知の善意というものがある。かといってまた、無知の善意の罪を逃れようとして他者と関わることを避け、傍観するのを主体尊重と取り違える。わたしは、シズコさんの意思の力、判断力行動力に敬意を表しつつ、弱さに抗しようと奮闘するありのままを丸ごと受けとめよう。上位に立って主体を取りあげるのでなく、主体尊重のつもりの傍観でもなく、弱さと強さを丸ごと受けとめて動じない冷静さとタフさを持つよう心がけよう。シズコさんは、わたしが小さかった時のように、何ごとも受け容れて跳ね返す、そんな強さだけを持っているわけではない。シズコさんに代わって今や、わたしこそ何ごともまずあるがまま受け容れる強さを持つこと。自戒した。

「夕食まだ、でしょ。一緒に食べようよ」

「今日は一人で食べるからあなたは帰りなさい。水泳に行ったらいい」

わたしは「ジムに行くついでに立ち寄る」と言ったが、それはシズコさんに気持ちの負担をかけまいとした口実だった。わたしはそっと台所に立つ。台所には知人の老爺からいただいたというホーレンソーや茄子が袋に入ったまま無造作にころがっている。野菜を洗った。流れる水の音だけが妙に大きく響く。

「シズコさん、甘えてよ。甘えて、わたしを喜ばせてよ」

心の中で叫んでいた。

「シズコさんのことが心配だ。今夜は傍にいたい」

素直にそう言えばよかった。わたしの方こそ甘えればよかった。

居間の方をそっと覗くと、シズコさんはソファに横たわったまま、新聞を顔にかぶせて泣いている。シズコさんのことばが身の内に響きわたる。

「自分の強がりも含めて、受けとめてくれるのは、あなた」

シズコさんは、弱りゆく身体と消滅の不安に抗して、自分の精神が命ずるところを自ら実現しようとする。弱さのなかに落ち込み、弱いのだから仕方がないとするのではなく、ぎりぎりまで自分の意思を生きようとしている。強がりとも、弱さを見据えぬ不遜とも言えよう。だが、背筋を伸ばして一人立ち、まっすぐに前を向くドン・キホーテたらんとしている。

わたしがなすべきは、シズコさんの精神の力を尊重し、弱りゆく心身を支えることである。

弱さを生きることはむずかしい。その難しさにシズコさんは直面している。わたしの方もまた、強くあったはずの親の弱さを、動ずることなくにこやかに受け容れることにたじろいでいる。弱さをいたわるのでもなく、励ますのでもなく、恐怖や不安や意気地の赴くところすべてを、あるがまま受け容れる。素直に甘える、とはそういうことなのだろう。

食卓について真っ先に快活な明るさをみせたのは、シズコさんの方だった。

「宇野千代の〈私何だか死なないような気がするんですよ〉じゃないけど、お腹の調子も快調で、わたし、病気じゃないみたいな気がする」

シズコさんはわたしより先に、わたしの心根を理解し受け容れた。わたしの思いやりをむしろ思いやっている。ただし、そのことばの裏には、大きな病と差し迫る死の重みが全身を覆っていることがわかる。

「秋の審査会のときに出す作品は書いたの？　入院前に書いておいたら？」

「退院してから書く」

シズコさんは書の全国公募展の審査員を務めている。その折には審査員の作品が展示される。矜持を持つに足る作品を仕上げようとの心意気がある。心身ベストの状態で書きたいのである。

「ともかく、ぜったいに退院するから！」

シズコさんは否定的なことばを使わない。いつでもポジティブだ。退院できなくなるのではないかという怖れが、ないわけではない。だからこそ、退院後の日々が豊かに訪れることを意思の力で招きよせようとする。どうしても退院しなければならない事由を残しておく。

2　心　願——個展計画……………………六月

梅漬け——「達成感があるね」

検査入院となった。その間、検査のない三日間を外泊してよし、との許可が出た。

梅雨入りして一週間後のこと。雨上がりの金曜日夕方、わたしは病院へ迎えに行った。そうしてシズコさんはわたしの家に休み、久しぶりのお風呂に身をほぐした。病院暮らしは疲れる。環境の違いだけではない、検査疲れに加えて不安が増大する。早々九時に床に就き、すぐに穏やかな寝息をたて始めた。同じ屋根の下、歩けば数歩の隣室に、変わらぬ元気なシズコさんがいる。

事情は何も変わらないのに、数日来の漠とした不安は消えて、わたしは不思議な安心感に満たされていた。

翌朝、シズコさんは言った。

「今日は梅漬けをしましょう」

庭の梅の木は一昨夜来の雨をたっぷりと吸い込み、緑葉は茂り、梅の実はたわわに生っている。薄緑色の梅の実に少し赤みがかっている。収穫しなければ、とわたしは数日前から気にかかっていた。居間からはどこにいても、庭の緑が眼に飛び込む。大きなガラス戸のほぼ真ん中に、梅の木が一本、いつも映し出されている。厳寒の冬のさなかには、窓の向こうで春の息吹を先駆け、葉を失った棒状の細い枝にほんのりとやわらかな色合いを載せて紅色のつぼみをふくらませる。夏に先駆けては、葉が生い茂り、実をたわわにつける。花と実と、二度ながら楽しませてくれる優れものだ。

二人でバケツを持って庭に出た。背丈のままに手の届くところはシズコさんが採る。わたしは一メートルばかりの脚立に登る。上から、下から、見えるところの実を採った後、下から青空を見上げて透かし見る。空の水色に色濃い緑の葉、その間をぬって薄緑の爽やかな真ん丸がいくつも見える。繁る葉にひっそりと隠れている実を、なんども青空に透かして、見つける。枝の緑葉の間に分け入り、隠れんぼしている梅の実を採る。

「バケツ四杯だよ！」

「計りましょう」

シズコさんはなんでも、記録する。平成十七年六月十九日、日曜日、二十四キロ。

例年は、わたしが収穫し、シズコさんが漬ける。分業だった。その前年、わたしは初めて梅干しを漬けてみた。結果は大失敗。あっという間にカビがはえてダメにしてしまった。塩が足らなかったのか。段取りが間違っていたのか。梅漬けの仕方を、わたしは知らない。

「粗洗いをしたら、あとは一粒ずつ丁寧に洗います。ヘタも取り除きましょう。一粒ずつ、ね。それから、水気を一粒ずつ布巾でぬぐいます。布巾かタオルを持ってきてちょうだい」

「布巾でぬぐうの？　これもまた、一粒ずつ？」

「水分が残っていると、保ちが悪くなるの」

二人でともに、庭の水道端にしゃがみ込み、左手に梅、右手にスポンジを持ち、なでるように一粒ずつ洗った。それから、布巾で拭く。平たい大きなザル二つに一粒ずつ並べる。シズコさんはタテ・ヨコに個数をそろえ、整然と並べた。午後の陽射しに、梅の表面は乾いていく。シズコさんは楽しそうに数を数えていた。何百個あったろうか。

二人一緒に終日を過ごす楽しさのなか、貴重な外泊期間を梅漬けごときに費やしてよかったのだろうか、ほかになすべきことがあったのではないのか、と今更ながらのためらいが去来したときだ。水道端を立ちあがりながら、シズコさんが小さな声で言った。

「達成感がある。今日は梅漬けができました！」

一日一日、意義ある生活をする。大仰なことをするわけではない。日常の暮らしを大切にし、生かされている日々をかけがえのないものとして抱きしめる。それがシズコさんである。

わたしの方は、一日中外で作業して、なおへたばることのないシズコさんに、安心した。これまでと変わらぬシズコさんである。終日共にいて、途切れることなく話をし、笑い、わたしはどこかに心配を吹き飛ばしていた。

「一生分あるよ。これから何年もこの梅干しを食べるたびに、今日のシズコさんを思い出すことになるね」

「梅干しを食べるときは、お仏壇に供えてくださいね。一緒に漬けたね、と話しかけるから」

住まうところが此岸と彼岸に別れるときは、いずれ来る。それでも、まだ猶予があり、先だと思えばこそ、の会話だった。少なくともわたしはそうだった。

笑い声をあげるわたしたちに、隣家の人が庭をへだてて声を掛けてきた。

「お母さまがご病気とは、とても見えないわ」

夜になって、梅と紫蘇を交互に重ねて、漬け込んだ。甕《かめ》に二杯、いっぱいに漬けた。

「梅雨が明けたら、甕から取り出して、数日カンカン照りの陽に二、三日干してくださいね。それからまた、甕の梅酢の中に戻します。干すのは一度でもいいけれど、もう一度干すと、もっと梅の甘みが増すの。大きなザルに梅をひとつずつ並べて、ね」

「土用干しって言うから、梅を干すのは梅雨明け直後、七月中旬頃ですね。そんな頃には、シズコさん、退院しているよ」

シズコさんは、梅漬け作業もまた、最期までになすべき大事、と数え挙げていたのだろうか。やり残したことをひとつずつ片づけていく。わたしの方は、現実を忘れた浮遊感のなかにいた。

基幹病院――「五年、否、三年のいのちをください」

検査が終了するころ、ある日シズコさんが明るい顔で弾むように言った。

「ドクターから今日、完全に治って退院していただける、と言われた！」

どんな状況が展開しようとも、わたしはシズコさんの前では決して動じない、わたしが支えるのだ、と自戒していた。そんな数週間の緊張が一気に解けていく。シズコさんも明るい。

「実はね、韓国行きの一カ月ほど前から、血便を認めていたの。自分は癌だと思った。おばあちゃん（シズコさんの母、わたしの祖母）がそうだったでしょ。病名を隠して看病したあのときの苦しみを思い、自分の病気は、子どもにも誰にも知らせまいと思っていた」

「子どもに迷惑をかけたくないと思っているのだろうけど、迷惑をかけあうことって、生きることの豊かさじゃない？ 迷惑をかけられることも楽しく、喜びだよ。わたしは迷惑をかけられたい、頼ってもらいたい、と思っているよ」

余裕の心境だった。シズコさんに安心してもらいたい思いばかりか、何よりもわたし自身が安心感に浸っていた。

「医者に行こうか思案しつつもすぐに行かなかったのは、即入院なんてことになって、あなたとの韓国行きがポシャるのがイヤだったからよ。アハハ」

シズコさんとわたしがソウルに行ったのは、つい一カ月前の五月中旬のこと。

旅の話をシズコさんが切り出したのは、春まだ浅い、梅のつぼみがかすかに膨らみ始めた頃だった。

「今度、ソウルに行くことにしたの」

「えっ？　誰と？」

「一人で」

「一人で？　何しに？　どうして？」

「自分の書作が展示されることになったの。海外で自分の作品がどんなふうに受け容れられるのか、見たくて」

「そんなー。海外だよ、ツアーに入るったって……。シズコさんの得意は日本語と墨と筆だけだよ」

子どもに頼らず、弟子に頼らず、「倚《よ》りかからず」がポリシーのシズコさんである。行くと決めたら一人でも行く。それでも、心細くてたまらない。見て、わかる。

「そのツアー代、高いよ。安い航空券探せば、そのお代で二人行けるから、わたしがツアー・コンダクターになろうかな」

シズコさんは急に、にっこりと顔をほころばせた。

ソウル行きまでシズコさんは医者にかからなかった。身体の懸念を誰にも打ち明けなかった。一緒に行くというわたしの心配りに応えたいとの思いも加わっていたのだろう。わたしは、まだ何も知らなかった。とはいえ、年齢は年齢。現地でシズコさんが余分な体力を消耗しないようにと配慮し、慎重な計画を立て、お昼には必ずホテルに帰って休めるようにもした。それでも旅の日々のなか、シズコさんはひそかに懸念していた体力低下の現実を感じとったらしい。帰国後一日をおいてすぐに、わたしには内緒で、こっそりと先のクリニックを訪ねたのだった。

家族面談日　六月二十二日

明るい見通しを耳にしたとはいえ、厳しい診断が下されるのを覚悟していた。その後の治療方針を考えるには、きょうだい全員がそろいたい。遠くに居住する兄・姉も駆けつけ、シズコさんと三人のきょうだいの四人が雁首をそろえて臨んだ。

検査をした部長医師は開口一番、自信に満ちて言った。

「転移は今のところ認められず、血液はとても若々しい。ご年齢からすれば手術を迷うところだが、充分手術に耐えられる。胃切除で、三分の二か全摘出かは外科の判断に委ねるが、胃切除で完治する」

「大欲はいだきません。できれば五年、否、三年のいのちをください」

個展準備に二、三年はほしいと懇願するシズコさんに、部長医師は自信たっぷりに言う。

「手術をすれば、五年と言わず、十年でも元気に生きられますよ」

バンザーイ!! 懸念は一気に解け始めた。

「他のところへの飛び火が心配と、肝臓、腎臓、肺を診てみました。他に病変がないか、新たな病変がないか、と診てみましたが、まずない、と診断した。治療していける」

わたしたちきょうだいは、顔をほころばせながらも、慎重に、用意した質問をいくつかして、念を押した。

「転移はほんとうにありませんか?」

「ない」

「あなたの親がこの状態だったとして、切除術を勧めますか?」

「勧める」

シズコさんのこれまでの活力ある生活ぶりを思えば、部長医師の言う「若々しい」「耐えられる」のことばは信じるに足るものであった。厳しい宣告と選択の厳しい判断を迫られるもの、と身体中を硬直させて家族面談に臨んだわたしたちは、手放しの喜びのなかに浸った。

「クリニックの医師にはずいぶん脅かされたね。僕は新幹線の中でずっと考えていて、手術にはぜったい反対しよう、と思っていた。だけど、完治するというなら話はまったく別」

兄はにこやかにそう言いながら、仕事に向かってまっしぐらに日帰りした。わたしは数日後、素敵なピンクのブラウスをシズコさんにプレゼントした。シズコさんが大切にし、楽しみにもしている書の審査会に着てもらおうと思ってである。審査会は秋十月だ。

「生還祝い！」

疑いのない楽観の中に、わたしたちきょうだいは有頂天になった。シズコさんは少し、神妙だった。

「まだ、そうも言えない」

兆候——「竹が枯れた」

思えば、ここ一年ばかり、シズコさんの体力が衰えていると感じることは、折々あった。八十歳を超すと、元気にみえる人でもやはり体力が落ちるものなのだなあ、と年齢のせいにしてわたしは受けとめていた。シズコさん自身も年齢のせいにしていた。長身のシズコさんは帽子がよく似合う。背筋を伸ばし凛《りん》として歩く姿に、衰えを知らない人、と周囲の人の目には映っていた。

その春四月、シズコさんが珍しく青い顔をして、わたしに訴えた。

「玄関の竹が、枯れたの」

「春は竹の秋って言うでしょ。ちょうど四月の今頃は新緑と入れ替わる落葉期だから、枯れて見えるんでしょう。心配ない、って！」

「竹が枯れると不吉なことが起こる、その家の人に不幸が起こる、と昔から言われるの」

竹はおよそ七十年から百二十年に一度、種類によってちがいはあるが、花を咲かせて結実し、そして枯れる。種の保存のため、次の生命のために、根で繋がった竹の一個体が枯れる、と本に書いてある。竹の枯れる周期が人間の一生の周期に近いからだろうか、竹枯れの謂われがあるらしい。

シズコさんの狼狽に、わたしはまったく取り合わなかった。ソウル行き直前のゴールデン・ウィークには、山間にあるふるさとの弘法祭りに行き、小山とはいえ、先祖の建てた石の地蔵巡りに数十分の山歩きをしたばかりである。わたしと二人の毎年の行事に、シズコさんは変わらぬ健脚ぶりを示していた。

半年ほど前のこと。ある会合があって一緒に東京に出かけ、その途中、シズコさんの体調が悪くなり、会場のホテル一室で休ませていただくことがあった。

「脚をあげてしばらく寝ていれば、間もなくよくなるの。近頃よくあることなの」

一人で東京にもどこにも足取り軽く出かけるシズコさんだが、新幹線に乗ったり降りたりと、歩き疲れたのだろう。年齢は年齢、とわたしは単純に捉えた。思えば、胃癌によって食物摂取が十分にできず、栄養失調に陥って貧血を生じ、脚の血液を回してようやく回復させていた、ということだったようだ。

同じころの前年の秋、シズコさんは初めて弱音らしいことをもらした。

「今年はとても疲れた。審査員をいつまで続けられるかしら」

書作の審査で三日間カンヅメになって帰ってきたときだ。毎年秋に務める審査会、これまでとて疲れがなかったわけではない。それでも、先輩同輩の書人たちと一堂に交じり研鑽できる充実感が、疲れを吹っ飛ばしていた。その年は、審査の疲れが楽しさを超えたようだった。それでも、シズコさんの身体的懸念の訴えを、わたしは一蹴した。

「みなさんが推挙してくださるなら、審査員を続けていいんじゃないの。なんでも年齢で考えない方がいいよ」

振り返れば、年齢で捉えていたのは、むしろわたしの方だった。シズコさんは四十五歳から手習いを始めた、書世界に遅れて来たレイト・カマーである。年齢は積んでいても、キャリアは同じ齢の人たちから比べればはるかに短い。若いころから始めた人ならば大家にもなっている老年に、駆け出しの孤軍奮闘、一匹狼ではないが小さな一匹ネズミでがんばっている。わたしは、道を探す若者を励ますように、否、若者に対する以上に後押しをし、励ましていた。残り時間がないからこそ、機会を得よ、自ら降りることなく走り続けよ、と。

計画──「勝って来るぞと勇ましく」

検査入院からいったん退院し、手術のための入院までに十日ばかりあった。その間、シズコさんは人生の整理をするかのように精力的に活動した。否、整理をした。ひとつは、主宰する書教室のことである。弟子のために展覧会用手本を書き、終日アトリエにこもった。当分、教える機会はないだろうと一人一人呼び出し、手取り足取り指導した。成長したいとすがってくる若者がいとおしい。手本はいつもに増して、迫力に満ちている。そうして、これが最後、とばかり彼らの目の前で大作を書いてみせた。その姿は、怖いくらい気迫に満ちていたという。古くからの弟子には、書教室の運営と指導を依頼した。血につながる者だけでなく、活動と精神につながる者にバトンを渡そうとしてのことである。人生が自分だけで終わるのではない、とは幻想かもしれない、とはいえである。

二つ目は、四百字詰め百五十枚ほどの大部な手書き原稿用紙の束を、わたしに託した。

「この原稿なんだけど、今年一月から書き直ししていたの。これをどうしても本にしたいと思って」

「わかった、わたしにまかせて」

かねて書かれてあった児童小説である。中年から始めた書教室二十余年の試行錯誤と、辿り着いた書教育についての考えとその実践を、子どもの成長のさまを軸にフィクションとしてシズコさん自身が書いたものである。数年間お蔵入りになっていたのだが、人生の総決算を急がねばならないこのとき、やり残していることを一つ一つ片づけていく。その心根にわたしは寄り添い、出版の当てはないままに、原稿を預かった。

三つ目は、最大の課題・個展計画である。これぱかりは人に頼めない。入院までの狭間の、短い片手間の時間で取り組むこともできない。少なくとも制作に「二、三年欲しい」。計画は緒に就いたばかりである。制作のために、どうしても「ぜったいに退院する」。

計画している個展は『子守唄曼陀羅』である。これまで開いた個展もまた『曼陀羅』という名をつけていた。曼陀羅を自分の人生の形としたい、との願いからである。書一筋でも、主婦一筋でも、教育一筋でもない。あれもこれもと紆余曲折しながら歩んできた。雑多に見える人生も、それはそれで多様ながら一つの形をなしている。否、自分の雑然とした何ものでもない人生を、それでもひとつの統一ある世界・曼陀羅として現出させたい。それには、自分の人生を貫く中心線であるような、自分というものの形をはっきりとさせるその一本線をくっきりと入れなければならない。それを書作によって為す。否、書作に助けてもらうほかない、とシズコさんは思う。

書作は杖だ。行く手に「風車」が立ちはだかるとき、筆はいっそう、己が理想「ドルシネーア」を追い求め、またそれを守る剣である。くずおれてしまいそうな時も、書作があればこそ、乗り越えてきた。そのつもりだった。「風車」は回り、吹き飛ばされそうになりながらも、「杖」を得てめげずに立ち続けてきた。抵抗感は途方もなく大きい。老いた身には耐え難い。むろん、それが胃をむしばんだ。

それでも、書作はシズコさんを救った。「自分が自分である」という矜持をもち続ける杖だった。逆風に打ち負かされてしまえば、むしろ安楽な生活となるだろう。自分というものをひとに手渡して過ごすことは、悲惨といえば悲惨だが、楽といえば大いに楽なのだ。「風車」に立ち向かうことも、「ドルシネーア」を幻視することも、それを守り救い出そうという格闘もないのだから。だが、シズコさんは闘う。自分と闘う。

自分は何者なのか。何者として生きるのか。自分ではない生を生きるとすれば、自己滅却の穴に陥る。自分が自分の主人でなくなる。自分は自由というものを尊重してきた。自分が自分であるということ。それは、誰かの言うとおりに従うより、ずっと緊張度が高い。自由を放棄するのも、自らそれを選ぶならば、それはそれで「自分の生」ではあろう。だが、自由を放棄してしまったら、八十歳をすぎてなお生をいただく幸いにどのようにして感謝を表しうるのか。天与の生を活かすとは、どのようにすることなのか。あたら身過ぎ世過ぎに終わらせるわけにはいかない。

願いや祈りはあれども、他の人の心や生活はその人のものである。こちらの思いで染め上げることは、もちろんできない。変えることはできない。変わることはない。自身のこととて、過ぎ来し方は変わらない。自分の歩んできた人生を意味あるものと位置づけることができるとすれば、それはただひとつ、これから自分がどうするか、にかかっている。自分のこれからの生のありようが、これまでの生を肯定しうるものへと変貌させる力をもつ。古い着物もたった一本の帯締めで、美しく生かされるのだ。

何ごともなせず流れるがままに歩む人生のなかで、ようやく見つけた書活動に深い憂愁を乗り越える力を得る。それしかない、とシズコさんは考える。先の個展に際して、書きに書く格闘の三年間を過ごしたが、それは苦しみであるとともに、自分を生き返らせるものであった。このたびはまた「子守唄」を書作する。自分がこの世に生まれ、育まれてきたその根っこに立ち返り、父祖と風土に感謝を捧げ、その魂を引き継ぎ、伝える。

祖父母や母親の掛け値なしの盲目の愛に包まれて育ちながら、十分な恩返しもせずに見送ってしまった悔いが、年ごとに深まる。こうしてやればよかった、あのときこんなことができたならよかったのに、等々。慙愧《ざんき》の念が去来する。罪障感ある自分を包み込み宥《ゆる》すのは、不思議に、今も身に響きわたるふるさとの山川大地のさざめきである。この身につねに住まう柔らかな抱擁の感覚は、父祖の愛と自然風土の優しさである。それは自分の根っこである。それに感謝し、これらによって生かされてきたことを伝え残す。書作によってそれを示す。

八十四歳を迎える者が、畳一畳また二畳を超えるほどの大きな紙面に向かうことは、もはや体力の限界だろうか。否、この期を逃せば、思いはどれほど大きくとも、まさしく体力が許さなくなる。今一度、そして最後の、大きな作品をものする渾身の個展を開く。八十八歳、米寿を期して開く。あと四年で米寿の誕生日を迎える。個展「子守唄曼陀羅」、三年間を書作に費やし、のち一年間で展覧会の準備をする。病発覚前に考えていたことは、このようなものだった。

シズコさんはもうずっと前から生の終わりを覚悟している。病気になっても治療行為はしない、手術はしない、とかねて表明していた。それでも「三年のいのちをください」と懇願した。書作によって自分の紆余曲折した人生をひとつの形を持つ曼陀羅図に仕上げるためである。個展計画はかの地に赴く最大の準備構想である。自分を生み育て生かしめてくれたものに感謝を示す。そして、その情を伝える書作の素材内容と書法スタイルの深化と創造に挑む。むろん、追究すればするほど課題はでき、どこまで行っても完成はない。ただ、さらなる書作がイメージされ、それを胚胎してしまった以上、自分の人生の円は閉じられることなく開いたままである。一回り大きくして円を自ら閉じに行く。それに向かってひた走る。それが「子守唄曼陀羅」個展開催の計画であった。

制作に三年の時間をいただく。そのために、手術に挑む。術後は、専心書作に向かう。その決意のもと、身辺整理をした。寿命のままに生きたとしても明日死んでもおかしくない、と以前からシズコさんは思っている。それでも実際には、四季がまた次の年にも巡り来るように、今日という日がまた明日もある、と思っていたのかもしれない。死は後ろに迫っていて不意にやって来るものだということを、日々の現実のなかでは棚上げして置き忘れていたのかもしれない。

否、シズコさんは自覚していた。後ろに迫っていることは重々自覚していた。だが、「後ろ」というものに「三年のいのち」がある、と思った。思いたかった。病の発覚は、たとえ死の訪れは近いと覚悟している者であっても、なおその峻厳さにたじろぐ。その衝撃をかわして自分を保つために、うまい理由づけをしようとしても不思議ではない。シズコさんは病発覚を、締めくくりをつける期間を示された、と受けとめた。死の瞬間まで、生の時間である。期間が想定できるのは、むしろ好材料、病発覚は幕下ろしに向かって日々を上手に設計せよとの啓示である、と捉え返した。

七月一日、手術のために入院する朝、シズコさんは元気よく家を出た。

「勝ってくるぞと勇ましく！　行ってきまーす！」

3　敗北――余命二、三カ月……………………七月六日

転移――「癌は切除できないのですか？」

入院五日目の手術前日　七月六日

七月初めの梅雨の晴れ間の太陽が、病院の駐車場に真上から射し込み、広いコンクリート一面に照り返し、ギラギラしていた。学校の仕事を早々に済ませて病院に行く。病室に着くや、ベッドに半身を起こしていたシズコさんの胸に、わたしの眼は吸い寄せられた。血の滲んだチューブが飛び出している。

「お昼に医者が来て、グワッと胸に穴をあけていった」

小さな子どもが外であった出来事を母親に語るときのように、報告でありながらも訴えるような調子で、シズコさんは言った。手術を明日にして緊張が高まっているのだろう。点滴のための導入口だという。明日の手術のための必要な処置、とはいえ痛々しい。しばらくして、麻酔医が説明に来た。看護師が安眠のための睡眠剤をおいていった。

夕方五時。わたしは待ちくたびれてナース・ステーションに行った。

「明日の手術の説明がまだですが、いつしていただけるのでしょうか？」

「先生の手がまだ空きません。もうしばらく待ってください」

それから一時間ばかり経って、わたしはまたナース・ステーションに足を運んだ。

「遅くなっても、必ず説明はありますから」

当然だ、と少し苛立った。さらに一時間経ってもまだ説明のための呼び出しがない。三度目、ナース・ステーションに問うと、今度は看護師長が応えた。

「患者さんの側が承諾しなければ、手術は行いませんから」

当たり前だ、と苛立つ思いのなか、承諾できないような何かがあるのか、と引っかかるものを感じた。待たされすぎてイライラしているために、つまらぬことを思うのだ、とわたしは懸念をすばやく打ち消した。

午後八時、ようやく呼び出しがあった。

三十代後半と見受けられる外科医は、付き添うわたしが次女であることなど、家族構成の話を導入にした後、シズコさんとわたしを前に言いよどんだ。

「手術および病気の話ですけど……クリニックの先生にどう言われました?」

今更、最初にかかったクリニックの医師ではないだろう。当院の内科部長が何日もかけて入念な検査をしたのだ。「内科でどう言われました?」となぜ問わないのか!? 不快に思った。

「クリニックの医師からは厳しい予測を言われましたが、当院に入院して調べていただいた結果、検査に当たられた内科の部長医師から手術を勧められ、胃切除で完全に回復して退院できる、とおっしゃっていただきました」

外科医はそれには応えず、黙って胃のあたりの図を描き始めた。

「腫瘍、つまり癌細胞があって、場所は胃のこの範囲で、原発層でいえばリンパの腫れはない。しかし、腎臓から尿管のところで、おしっこの流れが悪くなっている。背中側が腫れている。可能性として、こういうところまで癌細胞が悪さをしている、と考えられる」

即座にわたしは切り返した。

「この病院の内科部長の先生が、腎臓は悪くない、転移はない、と言われた」

「それは、腎機能は正常という意味だ。腎臓と胃は離れている。にもかかわらず、遠いところまで飛び火している」

「リンパが運んでいる、ということですか？」

「奥の方で臓器はつながっている。体壁にそって（癌が）広がっているかもしれない……」

「すでに至るところに広がっているということですか？」

医師は一瞬の間をおいた。

「……そうです。平たくいえば」

「では、胃を取っても他のところが悪さする可能性が高くはありませんか？　胃を切除しても仕方がない、ということになりませんか？」

「そういう話になりますね」

「内科の部長医師の診断と、先生のお診立てとはまったく異なるが、どういうことですか⁉」

長い沈黙が続いた。誰も何も言わなかった。しばらくして医師が口を開いた。

「正確に言ってよろしいか」

「言ってください！」

わたしは激しく詰め寄る口調になっていた。

「おしっこの流れが悪いということは、(癌細胞の)全部は取れないということです。癌細胞がパラパラパラパラパラと飛んでいく。それが腎臓にくっついた。僕らの事前診断では、飛んでいると状況判断している。術前診断としては、飛んでいる。(お腹の)もっと下の方も(飛んでいて癌が)あるのではないかと考えられる。腹膜播種、と考えられる」

「転移はないと言われた内科部長の診断と、先生のお診立てとは正反対。わたしどもはどう判断していいのか、わからない」

憤然たる気持ちが渦巻いた。悲しみなのか怒りなのか、よくわからない。それでも、怒っている猶予はない。隣には入院服のシズコさんが黙って座っている。

「すでに腹膜播種に及んでいるので、胃の切除はできない。明日の手術は、胃と小腸をつなぐバイパス手術となります。幽門狭窄のために早晩胃がふさがれてしまうと予測される。その場合でも胃から小腸への通路を確保する、そのためのバイパス手術です」

「そんな説明は、今まで一度も受けていない。検査入院までして調べた内科部長の診断と違いすぎる。転移はない。血液も若い。したがって胃切除によって完全に治癒できる、と断言された。ところが今、先生は正反対のことをおっしゃる。どういうことですか!」

わたしは怒っていた。わたしたちは、治癒のために切除術を受けに来ている。胃の全摘出なのか三分の二なのかが説明されるのではなかったのか。いずれであれ、改めて考えたり、誰かに相談したりすることではない。何も心配することはない。そう思っていた。だから、この日はきょうだいも頼るべき知人も同席していない。わたしとシズコさん二人だけである。術前説明は、これまでの説明を繰り返す、いわばセレモニーではなかったのか！

「そんな重大な変更を、今日の明日という今、お話になるのですか！　あと十二時間しかないのに。クリニックの医師は三つの医療法を示された。そして、それらは三者三様に意見が分かれると言われた。手術は勧めない方向で話された。今、先生はバイパスであれ、手術を勧められる。どうしてですか？」

「癌から大量出血することがあるが、そういうことがないと仮定すれば、手術をしないほうがいい。今、出血は薬で止まっている。しかし出血の可能性はある。また、食べられなくなってくる可能性がある。食べられなくなった段階で手術という方法もある」

外科医は切除術とバイパス術とをとりまぜて話をし、話の焦点をはぐらかしている、とわたしには思われた。とはいえ、今は、決断できる決定的な理由を知らねばならない。

「バイパス手術のメリット、デメリットは？」

説明が始まって一時間余。日頃なら口吻明晰に話をするシズコさんが、今日は終始黙っている。そのとき、シズコさんが初めてポツンと口をはさんだ。

「癌は切除できないのですか?」

「そうです。バイパス手術は胃の通過の確保です。胃を取れば、通過障害も出血もなくなる。しかし体力消耗が大きい。やらなければ体力消耗もない」

シズコさんはまた、消え入るように沈黙した。静けさが場を覆った。わたしは問うた。

「この(病状)段階でも、先生はバイパス手術をお勧めなさいますか?」

「むずかしい」

医師は、一瞬のかすかな間の後、続けた。

「昨日、数人の医師と看護師でカンファレンスをした。僕らのカンファレンスでも、バイパス手術かこのまま様子をみるか、だった。胃の三分の二切除はオミットされたわけではないが、それよりもダメージを少なくする方法を考えている」

余命――「本人がいても、言ってください」

「明日手術という今日、しかももう十時間もないという今、新たな診断を示されて決断を迫られる。その提案も、もろ手をあげてお勧めとは断言できない、と言われる。わたしたちは、どう考えればいいのですか？」

わたしは、怒りで腹の中が煮えくり返っていた。医師団に対する怒り、治癒不能ということに対する、対症療法しか残されていないということに対する悲しみ。だが、怒っている場合ではない。当のシズコさんはどれほどの思いだろう。悲しくて胸の鼓動が抑えられない。

「僕らがカンファレンスで考えたのは、明日はバイパスをやって、癌は残したまま通り道を確保、と一応決めた。家族の方の判断で、手術を取り止めてもいい」

今では医師になっている教え子から聞いたアドバイスが頭の中をかけ巡る。

「治療になだれ込む前に、治療方針をきちんと聞きなさい。そのメリット、デメリットをはっきりと聞きなさい。医師は患者にとって厳しい内容は言いたがらない。聞き出すまで問うこと。副作用、入院期間のメド、どの治療でどの程度の生存期間が望めるのか、年単位なのか月単位なのか、はっきりと聞きなさい。その上で治療方針を決断すること」

わたしは問うた。

「手術による生活の質の変化と、望める生存期間は？」

「手術で生活の質は落ちない。外傷があるだけ。切っても生存期間は延びるとは言えない。今は食べられるが、いずれ食べられなくなる。そこで通過を確保しよう、と。どれをやったらいい、ということが言えない病状。迷いがあったらやらない方がいい。術後の縫合不全が起こることもある」

「明日、バイパス手術を受けなかった場合、望める生存期間は？」

医師は、持っていたペンをクルクル回しはじめた。わたしの顔を何度も盗み見ながら、ためらっている。

「医者ならおおよそのストーリーはおわかりのはず。どうなんですか」

わたしは迫った。

「言っていいですか？　言っていいですか？」

医師は何度も念を押しながら、ためらっている。そのとき、シズコさんが二度目の口を開いた。

「本人がいても、いいです、言ってください」

静かに言い放った。医師は一呼吸おいて、言った。

「二、三カ月です」

息を飲んだ。わたしは、畳み込んで問うた。

「では、バイパス手術をした場合は?」

「変わりません。ただ、切らなくて、早く食べられなくなった場合は、バイパスしてよかったということになる。……予想にすぎません」

シズコさんが三度目の口を開いた。

「二、三年はほしい。二、三年延ばす方法はないですか?」

「ないです」

医師は今度は即座に応えた。

「あれば、これしかありませんと自信をもってそれをお勧めします。切っても、(生存は)月単位です」

決断——「手術していただきます」

シズコさんは再び沈黙した。わたしは問うた。

「バイパス手術をやってもやらなくても、望める生存期間は一緒なのですか?」

「早く胃の流れが悪くなった場合、大なり小なり食べられなくなる。予測にすぎません」

「バイパスのあとの治療法は?」

「胃については、ない。なだめるの(抗癌剤)はやめた方がいい。緩和医療になる」

治癒の見込みはない、と言外に伝えようとしている。

「緩和医療はどこで受けられますか?」

「当病院にはそのような病棟はない。当県では緩和医療の専門病棟があるのはひとつだけ(注記―当時)。二カ月とか、待ちが多い。苦しくなってきた場合、通常かかりつけの医院とか……。当病院は本人にとってよい環境ではないので。気軽に、という病院に入院か、環境は悪いけど当病院に入院していただくか……」

わたしたちは医師から完全に見捨てられている、放り投げられている、という感覚に押しつぶされそうになる。おまえたちはもう、僕らの生の世界にはいられないのだ、とはじき出されたような、怒りと不安とがないまぜになった感情がわたしを包んだ。もちろん、急性期の患者を扱う基幹病院が末期癌患者にとって心優しい病院でないことは、わたしも知っている。目の前にいる医師が誠実に応えていることも、わかる。それでも、明日の手術をどうすればいいのか。ともかく、決断のための判断材料を見つけ出さねばならない。

夜十時を回っている。焦った。早くシズコさんを寝かせなければ体力が保たない。決めなければいけない。医師はにわかに、手術の同意を得ようという調子で話しはじめた。

「腎臓の通りが悪いのは癌のため、と僕らは状況判断しているが、開いて見てみなければわからない。開けば、細胞検査で確定判断できる。限られた場所に癌、なら切除オーケー。臓器の表面に顔を出して飛び出すと、目には見えないがそこに癌はいる。散らばっているときは切除できない」

わたしのためらい、堂々巡りの逡巡をよそに、シズコさんが静かに四度目の口を開いた。

「こういうことは、当人が決めるほかありません。だから、わたしが決めます」

一瞬の静けさが通り過ぎた。シズコさんは若い外科医の眼をまっすぐに見て言った。

「手術していただきます」

苦渋——「……」

シズコさんは癌が切除されることを願った。個展計画「子守唄曼陀羅」を人生最後の締めくくりとして成し遂げるために、どうしても、少なくとも二、三年の時間をいただく。そのために手術する。医師の言う「限られた場所に癌、なら切除オーケー」に信をおく。開腹しなければ切除できないではないか。「勝ってくるぞ」と家を出たのである。手をこまぬいてなにもせずおめおめと帰るわけにはいかない。死ぬことを定められた生である。ならば、いっそう自らを前へと投げ出し果敢に生きる。渾身の力を投入して個展の書作をし、人生の幕を自らきっちりと降ろす。そこに賭ける。そのような決意でシズコさんは臨んでいる。それでも、わたしはためらった。

「やってもやらなくても生存期間は一緒というなら、手術をして一旦回復するまで病院にいる期間がもったいないではありませんか? 自分のしたいことをする活動時間として使ったほうが、生活の質、クオリティ・オブ・ライフ(QOL)の高い日々が少しでも長くもてる、ということになりませんか? 本人のしたい活動が少しでも長くできるのは、どの医療ですか。明日手術するのはマイナスになりませんか?」

「じゃ、明日はとりあえず中止して……」

医師がサラリとこう言ったとき、わたしは自身が手術拒否の方向に絶対的に傾いていたにもかかわらず、「見捨てないでください！」と、取りすがって懇願したい思いに駆られた。この病院は、わたしの住む地方都市にあっては名実ともに一、二を競う基幹病院である。クリニックの医師が勧めた病院であり、その医師もまたかつてこの病院に勤務していた。ここ以上に「よい」病院があるだろうか。「余命二、三カ月」とすれば、その短い時間の中で、他に頼れる病院を探し出すことができるのだろうか。医者たち全員から医療拒否の包囲網に遭うような、恐怖にも似た不安が押し寄せた。予定された手術を目前にして断れば、わたしたちは完全に見捨てられる、と思った。わたしの意思は急旋回した。

「わたしどもに手術を勧める判断基準は何でしょうか？」

「外科としては手術を勧めるのが多い。しかし、ご家族の判断で……」

医師は口ごもりながら、それでも予定どおりに進む方向でつけ加えた。

「飛び火があるかないかは、今はわからない。手術をして開けてみれば見通しがわかります」

「お腹を切ってしまってから見通しのつくことが、わたしたちにとってどんなメリットがありますか？　医学的認識が生体自体のＱＯＬ向上につながらないならば、何の役にも立たない」

吐き捨てるようにわたしは言った。不快感とも不信感とも判別しがたい感情に襲われた。医師はわたしの気を取り直すように言った。

「バイパスすれば、胃の内容物はあっちからもこっちからも通ることになる。食べられる期間が長く持てる」

食べられなければただちに死ぬ、とわたしは思った。バイパス手術するほかないのか、と思った。

「食べられる期間が長くなる、といわれるが、どれくらいですか？」

「二カ月が一年になる、といったメリットはない。二カ月が二カ月半に、ということです。基本的には全身的なものだから。バイパスは、通過障害の回避です」

全身的という意味の内実が、その時のわたしにはわからなかった。

「腹膜播種が進んでいたなら、バイパスはやらないほうがよかった、になる。進んでいなければ、やってよかった、になる」

お腹を切ってしまってからでは遅いのだ、と再び苛立つ気持ちが噴き出す。だが、もはや何を問おうとも、堂々巡りの問答を繰り返すだけである。どちらを選んでもマイナスである。どちらのマイナスが少ないのか。食べられなければ直ちに死ぬ。手術すれば体の負担が大きい。体力低下でシズコさんのしたいことができなくなる。各々のマイナスを比較して、どちらのマイナスが少しでも少ないのか。苦渋の選択が残されている。時は刻々過ぎていく。

「もう十時を回りました。病人を眠らせなければ、体力が保ちません。何時までに決めればいいですか？」

「明朝八時までにご返事ください」

病室に戻るや、シズコさんは捨て鉢のように言った。

「余命三カ月と言うなら、なにもしなくていい」

子どもが駄々こねをして捨て鉢な態度をとるとき、それは、駄々をこねて現状を自分の願う方向へと変更させたいとするときである。わたしが手術をためらうことが、シズコさんの意思をくじくことになるのか、自暴自棄に陥らせることになるのか、と自省した。そうして、医師がバイパス手術を勧めるのだから、播種は進んでいないと予測できるのだろう、とわたしは思おうとした。というより、そう思いたくて、そう思うようになっていた。それでも、「手術をお勧めになるのだから、腹膜播種は進んでいないと診立てていらっしゃるんですね」と、医師に念を押すことはしなかった。

「決断はおまえにまかせる」

シズコさんが考えるには、もはや時間的にも体力的にも精神的にも、限界である。わたしがよりよい方向に決断を下す、と引き受けた。というより、他に誰が決断できよう。わたしが一人、シズコさんを守る代理人を務めるほかはない。もはや真夜中。深夜に相談を持ちかけることのできる相手は、限られている。それでも、朝までに、わたしが決断しなければならない。あと九時間しかない。

「明日のために、シズコさんは眠ってね」

急いで病室を出、ケイタイ電話にしがみついた。きょうだいに連絡した。動転のあまりに、意識とことばがかみ合わず、十分な説明ができない。あとで聞けば、何が起こったのかわからなかった、と言う。姉は「ともかく明朝一番の新幹線でそちらに向かう」と言った。

院内で、別病棟勤務の知り合いの看護師に出会った。

「医師が手術ができると言うなら、手術できる（病状）段階なのだから、手術した方がいいんじゃない？」

それでも、手術を拒否したいわたしの気持ちは変わらなかった。体力消耗が大きい、と。

かねてアドバイスを乞うていた教え子の医師に電話する。東京の腫瘍専門病院に勤務している。

何度目かの電話の果て、深夜を過ぎてようやくつながった。

「納得ができなかったら、納得できるまで手術は延期した方がいい」

そうか、延期すればいいのだ。新しい考えに揺れた。延期して、どうするかを考える時間を持てばいい。そう思った瞬間、二、三カ月という時間の短さが頭の中を駆け巡った。延期するとしても、数日のことになる。シズコさんの胸の点滴口が目に浮かんだ。数日後にまた「グワッと胸に穴をあける」ことになる。痛々しい。些末なことが次々と頭に浮かぶ。否、シズコさんは手術を「やっていただきます」と決然として言った。しかも医師たちは手術の方向で提案している。わたしだけが拒否しているのではないのか。本人の意思をふまえ、医師たちの手にすがった方がいいのではないのか。ひょっとすれば、胃切除ができるかもしれない。切除できるのにしないとすれば、「余命二、三カ月」は、そのとおりとなってしまう。

考えは、あちらへ動き、こちらへと揺り戻され、定まることがなかった。そのとき、新たな不安が湧きだした。明日の手術を延期した場合、わたしたちはどうなるのだろう。改めて手術をお願いした場合、医師たちは温かく迎え入れてくれるだろうか。改めての場合、手術は「早くて一、二週間後になる」、「手術するなら早いほうがいい」と外科医は言った。延期すれば一カ月先になるかもしれない。執刀医も誰になるのかわからないだろう。明日は副院長が立ち会う、と聞いている。手術を拒否したなら、明日からわたしたちはどこを頼りにできるのか。この病院にいられるのか。いられるとして、居心地よいものにはならないのではないのか。

患者側は弱い。医学の知識も人脈も持たない。次々と不安が覆いかぶさってくる。延期は結局、手術とりやめ、ということになると思った。その瞬間、手術による可能性を全面放棄できるのか、と内心に迫られた。内科部長の治癒可能という診断が頭をよぎる。一縷《いちる》の可能性に賭けたい思いが湧き出す。わたしは手術の方向をためらうのに、手術を拒否できない。手術を拒否できないが、手術をためらう。

シズコさんはどっちなのだろう。「手術していただきます」なのか、「余命二、三カ月なら、何もしなくていい」なのか。一方は決然と言い放った。他方は捨て鉢だった。手術を拒否すれば、個展計画に向かうシズコさんの、生きる意欲を奪うことになる。本人の意思に寄り添おう。その瞬間、期待が、夢が、わたしのなかによぎり始めた。

「胃切除で、完全に治癒して帰っていただける」

内科部長のことばがよみがえる。

「腹膜播種がそれほど進んでいなければ、バイパスは効果がある」

外科医のことばがよぎる。

基幹病院の医師団が手術に向けて準備を進めてきたのだ。播種はそれほど進行していない、と診立てているのだろう。胃切除ができるかもしれない。にわかにわたしの頭と心は、期待の彩りに覆われていった。

午前二時、堂々めぐりの数時間を経て、手術を承諾することにわたしは決めた。ナース・ステーションに行った。先の説明の場に同席していた二十代の研修医と医学部六年生の男女学生が、パソコンを前に仕事していた。当直の看護師に同意の旨を伝えるわたしのことばに、ハッと振り返り、悲痛な表情で黙りこくったまま、わたしを見た。

それから、わたしはシズコさんの病室に戻った。そっとベッドに手を置く。メモ紙がハラリと落ちた。シズコさんの手書き文字があった。

「ネムリ薬を飲みました。お先に眠っているかもしれません。／本当にありがとう／わたしは明日はキャンセルと決めました。ゴメンナサイ／先生によろしく／0：17」

メモ書きは、術前説明の席でシズコさんのために奮闘したわたしを、ねぎらおうとの思いやりだ、と即刻わたしは判断した。手術して活動時間をいただきたい、というのがシズコさんの真意のはずである。わたしがシズコさんの意思を優先したように、シズコさんはためらうわたしを尊重しようとしたのにちがいない、とわたしは思った。術前説明が始まって以降六時間、考えに考えた末に、わたしは決断をした。期限の朝八時までにあと六時間である。手術するか否かを、今一度零地点に戻す時間はない、と思った。捨て鉢に「何もしなくていい」と言った時のシズコさんより、「やっていただきます」と決然として言った時の方がシズコさんの真意にちがいない。わたしはそれを尊重しよう。小さく声を掛けた。

「起きてる?」

「うん」

「明日、手術してもらおうか」

「うん」

やっぱり、シズコさんは手術したいと思っている、とわたしは思った。短くことばを交わしたあと、ほどなくシズコさんの寝息が聞こえ始めた。明日手術、の決断でよかったのだ、とわたしは確信した。

あのとき、わたしは夢を見ていた。開腹してみたら胃切除ができる状態だった。播種は進んでいなかった。だからバイパス術は効果があった、となる夢を。シズコさんは果たして、切除術を決意した出発点、治癒のための手術という意欲にみちた地点に立っていたのだろうか。「おまえに決断は任せる」と委ねた以上、わたしの決断を尊重したのにちがいない。自分のことばに責任を持つ。自分に責任をもつ人なのだ。自分の決めたこととわたしの決めたことが異なっていても、この期に及んでひっくり返すようなことはしない。シズコさんは潔い。

あの深夜、シズコさんは手術を承諾する方向だったのか、キャンセルの方向だったのか。わたしには永久にわからない。

播種——「切除できた？」

数時間後の翌朝八時半、昨夜の外科医が明るい顔でやって来た。

「眠れましたか？」

孫ほどに若い医師に向かって、シズコさんはベッドの上に正座し、三つ指をついた。

「先生に、お任せいたします」

介錯を頼む武士のように、深々と頭を下げた。凛々しい。それからしばらくして、看護師とわたしに付き添われて、歩いて手術室へ向かった。

四時間後の午後一時、手術室から戻ってきた。

廊下の向こうから看護師がベッドを押してやって来る。掛布団の端から、シズコさんの右手がこぼれ出ている。その掌が体操をしている。右手の親指から一本ずつ閉じ、グーの形になったらすぐに小指から順に開き、また順に閉じては開く。指体操は、シズコさんが書に向かうときいつもする準備運動である。朦朧とした意識のなかで、書人としての己れの命脈を確かめている。

「シズコさん、シズコさん。わかる?」

かすかに頷いたが、すぐにそのまま眠りのなかに入っていった。

しばらくしてわたしは医師から呼ばれた。手術後の説明である。開口一番、医師は高揚した調子でこう言った。

「開けてみたら、昨日説明した僕らの診断どおりでした。手術中に写真を撮ってきました。これです。赤い部分が播種です」

医師とわたしの間をはさむテーブルの上に、医師は写真を置いた。わたしは写真に眼を落とす。何を写した写真なのか、何が何だかわからない。四角い印画紙が見せている画像は、ほとんどが赤い。

「腹膜播種は進んでいました」

「そうでしたか」

わたしはことばを返すのが、精一杯だった。静かな落胆。折しも千葉から急いで到着した姉は、事態の急展開を把握しきれないでいる。医師は揚々としていた。執刀後の興奮なのか。手術遂行の満足感なのか。自分たちの診立てが合っていたという科学的喜びなのか。若造の医師が部長医師に勝った、外科が内科に勝った、という誇らかさもあっただろうか。わたしには何の関係もない。全面的な敗北。胃切除に賭けたわたしたちの夢、一縷の可能性が、完全に閉じられた。それだけである。わたしにはもう何の説明もいらない。

切除はできなかった。腹膜播種は進行していた。開腹しないほうがよかった。一瞬なりとも治癒には向かえない。死期を遅らすことさえできない。貴重な残り時間に、体力消耗までさせてしまった。シズコさんは「キャンセル」とメモ書きしていたのに、わたしがゴー・サインを出してしまった。判断を誤ってしまった。取り返しがつかない。

わたしの悔恨は、憤りの高まりとなった。内科部長の誤診、そして病院組織の隠蔽工作に対して。外科医は内科部長の検査を「ルーチン」と言った。内科部長の診断を誤診と認識しながら、それを曖昧にしようとして、診断と治療方針の変更を今日の明日という手術直前まで患者側に説明しなかった。病院組織を守るために、患者という弱い者につけを廻す。憤然たる思いが煮えくり返る。患者自身が決定し受諾したのだという自己責任に帰するやり方は、欺瞞に満ちている。

看護師長の「患者の承諾がなければ」云々の対応は、医療者集団が内科部長の誤診を把握しながら、すべては患者の責任に転嫁するという、責任回避の方策だったのではないのか。専門的な領域に関して、患者は医師の判断を待つしかないではないか。

怒りとともに、わたしの心は反省に渦巻く。決断に時間をかけるべきだった。医者に主導権を譲り渡していた。病人を抱え、医療の専門知識がないという二重の弱者として、卑屈になっていた。自分の、自分たちの身体である。どんな状況であろうとも、自分たちが主体である。自分が自分であるという自由を、守り通さねばいけなかった。それが、「納得できなければ、（決断を）延期する」という選択肢だったのだ。多様な診立てを乞い、納得するまでの時間を持つべきだった。手術をためらう自分を自分で納得させようとし、「夢」を見ることにしてしまった。手前勝手な理由づけである。わたしはシズコさんにその主体としての全権を委ねられていたのに、死を目の前にする病を抱えた「弱」者の代理人として、その人の主権を守る役目を担っていたのに、わたし自身が当事者と同じ「弱い」立場に立ってしまっていた。「余命二、三カ月」と言われれば、当事者は冷静な判断ができないだろう。冷静な判断を当人に代わって為すこと、それがわたしの役目だったのに、慌てた。当事者と同じ地平に立っていた。否、シズコさんは自分を見失っていなかった。冷静に、「キャンセル」と判断を下していた。わたしは深い悔恨に包まれる。

それでも、反省しても憤っても、時は元に戻らない。わたしはただ泣いていた。だが、シズコさんの前で泣いてはいられない。

翌日、麻酔から醒めたシズコさんは、開口一番、こう問うた。

「切除できた？」

「バイパスだった」

「どうして切除できなかったの？」

「腹膜播種が進んでいたから、切除できなかった、って。切除すれば体力消耗のほうが大きくて、体力回復の前にやられてしまうから、って」

「そう……」

しばらくして、シズコさんはまた同じ質問をした。

「どうして切除できなかったの？」

その日、シズコさんは何度同じことを問うただろうか。そのたびにわたしは、医師から術後に受けた説明を繰り返した。翌日も翌々日も同じ質問をした。そうしてわたしは、同じ説明をした。シズコさんもまた胃切除の夢を見ていたのだろうか。開腹してみたら胃切除ができ、数年のいのちがいただける、という夢を。否、手術する以上、その夢に賭けたのだ。

シズコさんの母親も癌だった。わたしの祖母である。祖母に癌が見つかったときもまた、すでに原発層を突破していた、という。開腹してみると、腹膜に広がって切除できないほどだったが、思い切って切除したと医師から説明を受けた、とかつてシズコさんは語っていた。昭和四十年代、祖母六十六歳のときである。余命は数カ月と医師から聞かされたというが、祖母はその後五年弱を生きた。その間祖母は、友だちに誘われてあちこち旅行にも出かけ、術後三、四年は普通の生活ができた。

シズコさんは、たとえ病状の段階は異なっても、自分も「思い切って切除」すれば数年のいのちをいただける、と思ったのだろう。否、願った。そうして、いただいた二、三年で最後の作品を完成する、と夢に賭けた。わたしもまた、シズコさんがその夢に向かって心血を注ぐ熱意に満ちていることを応援しよう、と思った。大空を飛行する夢を見て、勢いよく崖っぷちを跳んだ。だが、パラシュートは開かず、眼下の岩肌が急激に迫ってくる。悠然たる飛行の夢は、白日夢に終わった。手術はしない方がよかった。体力のあたら無意味な消耗に終わってしまった。貴重な時間の浪費。まったくの敗北である。

「余命三カ月という厳しい現実を、しっかりと見つめようよ」

わたしはそう言うほかなかった。そして、医師の言った「二、三カ月」の「二」を外さずにはいられなかった。シズコさんもその耳で聞いている数字である。口にするにはあまりに短い。わたしはその短い時間にシズコさんの人生をしめくくるどのような援助ができるだろうか。

わたしはシズコさんの病発覚以来、常に明るく対しようと心がけてきた。ドーンと来い、と頼りがいのあるフリを演じていた。動ずる姿を決して見せないように努めてきた、そのつもりだった。だが、この厳しい現実を、わたしが導いてしまったこの現実を、一縷の希望もなく受けとめなければならない。わたしはよろめいた。わたしはベッドの上のシズコさんに取りすがって、オイオイ泣いた。謝りたい思いでいっぱいだった。それでも、謝っても仕方がない。手術前の肉体に戻すことは、もはやできない。わたしはシズコさんを守らなかった、守れなかった。シズコさんはわたしを微塵も責めない。いたわるようにわたしの背に手を置いた。わたしはシズコさんを守るどころか、守ってもらっている。

4　決　意——死に向かう生のプロデュース①……………………七月

蔕《ほぞ》——「メソメソしている暇はない」

術後三日目

「病院食におにぎり一個ずつが、朝昼晩と出るの。きざみ海苔の付いたおにぎり。術後に初めからおにぎりなど食べてもいいのかしら、と不思議に思っていたところで、目が覚めた。そしたら、ベッド・サイドにあなたが来ていた」

「夢の中で、おにぎり食べた?」

「昨夜はシュークリームを食べて、あっ、食べてはいけないんだった、どうしよう、と思って目が覚めたの」

シズコさんはごはんが好きだ。おにぎりは好物だ。お菓子なら、シュークリームが大好き。シズコさんは楽しそうに語る。自責の念に駆られるわたしは、救われるような気持ちになる。

「元気が湧いてきたんだ。だから食べるの、夢の中で。よかった」

そう返しながらも、わたしは内心、深く恥じ入る思いに悔やむばかりである。わたしはあくまで手術を拒否すべきだったのに、なぜ受け容れてしまったのだろう。シズコさんのメモ書きを本人の最終決断として、なぜきっちりと受けとめなかったのだろう。誰よりも本人の意思を尊重しようと思いながら、その境い目を一歩踏み越えてしまっていたのだろうか。わたしがもっとも嫌うパターナリズム、優しさによる過干渉。それを、してしまっていたのだろうか。

あの夜、重大な決断を一人で、しかも時間の余裕なくしなければならないという過緊張のなかで、わたしは冷静さを失っていた。それだけではない。冷静さを失っているということに気づくもう一人の自分がいなかった。客観的に考える視野と思考を失っていた。冷静さを奪ったのは時間である。と思うや、病院側の対応に怒りが噴出する。診断と医療方針の変更をギリギリの時間まで伝えなかったのは、患者側に考える時間を与えないようにするためであり、盲目的に病院側を頼るほかなくするためだったろう。手術前夜の遅い時間に説明が仕組まれたのは意図的だ、と疑いを深めるや、憤りはいよいよつのる。そうして、自分を責めた。なぜあのとき、わたしは受諾してしまったのか。胸の内で、悔恨ばかりが渦巻く。

シズコさんは、見舞いの花瓶の花からゆっくりと窓外の緑に視線を移した。

「昨夜から少し、心の整理ができた。臍《ほぞ》を固くした。マイナス思考はしない。あのときこうすればよかった、と繰り言を思ってもしかたがない。自分が前に進むために、マイナスのことを思わない。一日の時間を組織して、重点的に個展の準備をする。メソメソしている暇はない。できてもできなくても、自分はやるべきことを、やる。もう、泣かない」

わたしは繰り言を言いたい。問いも反省も次々に湧いてくる。シズコさんは、前を向く。未来に時間のない者には、反省すら意味をなさない。繰り言はもちろん、問いや反省をしている暇はない。手術はバイパスに終わった。そうである以上、二、三カ月の余命という診立ては変わらない。受けて立つ。それしかない。時間の浪費はしない。シズコさんは凛然としてそこに立つ。

「回復は順調ですよ」

外科医は明るく言う。彼は徹頭徹尾、外科の医者だ。わたしは力なくにっこりする。開腹の傷という点に限れば、少なくとも術後の回復それ自体は順調だった。ただし、病根が断ち切られたわけでなく、何一つ状況は変わっていないどころか、あたら体力を失っただけである。外科医のことばは、空しく素通りする。それでも早く、シズコさんを「回復」させたい。ともかく「術前の状態に早く戻せ」と、わたしは心の中で叫んでいた。シズコさんは一段と細くなった。痩身ながらふくよかだった頬は、骨張って眼光のみ炯々《けいけい》とし、全身気骨、といったテイである。

術後数日して、六人部屋に移ることになった。カーテンだけで仕切られた部屋では、回復期の患者たちが隣同士、束の間の休養を楽しむほどに無聊《ぶりょう》を慰めつつ、病気のいかに大変だったかを凱旋将軍のように語り、いまだ点滴棒を持ち歩きつつも、治る喜びに屈託がない。毎日のように退院の人がいる。

「退院、おめでとうございます」

「あなたさまは、いつご退院?」

あっけらかんとして明るい雰囲気が、心に突き刺さる。

外科病棟は、手術の傷が癒えたら退院、である。手術することで病が根治され、治療のためについた傷が癒えて退院する。退院とは治癒を意味する。そんななか、治癒の見込みなしの患者は、付き添う者も、日々気が重い。表面の傷は回復しても、健康は戻らない。それどころか、いつ平穏な日々が瓦解するかわからない。不安を抱えつつ、それでも、早く「回復」したい。

十日ほどが経ち、退院日が決まった。隣のベッドの人が声を掛けてくる。

「よかったですね、おめでとうございます」

シズコさんは心弱く微笑むだけで何も言わない。わたしは「めでたくなんかない」と内心憤る。隣人の単純な善良さに、押し隠している悲しみと忸怩《じくじ》たる思いが、憤りとなって一気に飛び出してきそうである。あわてて、対象の異なる憤りをしまい込む。治癒不能を悲しむだけではない。病院に対する不信、そして、あくまで手術を拒否しなかったわたし自身の悔恨が、医師団への憤りに上乗せされる。

病は治されていない。手術の傷が癒えたにすぎない。病気自体はもとのまま。というより、手術によってかけた全身的な負担、負の影響が加算されている。わたしたちにとって退院とは、あたら残り少ない貴重な時間を失い、入院前に持っていた年齢に似合わしからぬ「若々しい」肉体を減じ、あげく、治癒の世界から完全に放り投げられることを意味した。

医師は、病を治癒して生へと道筋をつける人ではなかった。病院は、治癒するところではなかった。クリニックも、基幹病院も、「別のところへ」「次のところへ」と回すばかり。医療システムからすれば、それが誠実の限界とはわかりつつも、医の責任は、使命は何なのだ、と詰問したくなる衝動を抑えられない。恨みにも似た気持ちがつきまとう。退院とは見捨てられること、そんな被害感覚のなかにいた。

シズコさんは、憤っている暇も体力もなかった。お腹が妙に重い。傷をつけたお腹はまるで鉛を入れたように、日を経ても一向に軽くなっていかない。それでもスクワットで鍛えた足を頼みに、病棟内を歩き、退院への準備をしている。自宅ではこれまで毎晩、お月さまの下で「汽笛一声新橋を……♪」と子どもの頃におぼえた鉄道唱歌を二廻り歌いながら、二拍子にあわせてスクワットをしていた人である。

遠縁の人が見舞いに来た。

「元気そうやないか」

「人には明るく元気にふるまうのが、シズコさんですから」

「いやいや。医者がなんと言おうと、まだまだがんばれる。現代は、寿命三桁の時代やからな」

わたしは悲しみと怒りで爆発しそうになる。廊下に送った。

「わたしたちは、そんなノンキな夢を見ているわけにはいきません！」

怒ったようなわたしの口調に、その人は驚いたように言う。

「これは励ましや」

無責任な励まし。涙があふれる。その夜、シズコさんは言った。

「がんばれ、と励まされるのが一番つらい」

ガンバル時間も体力も残されておらず、「長くは望めない」者にとって、「まだまだ」「ガンバレば……」は残酷至極である。厳しい現実を「そうだね」と一緒に受けとめるほか、ないではないか。

わたしはどうすれば、シズコさんの現実をともに背負うことができるのか。

ホスピス――「机があれば、書作できる」

「僕らの手から離れて、ターミナル（終末期）を委ねられる病院を見つけられた方がいい」

術後すぐに、外科医はわたしに言った。治すこともできず人の腹を切り割いて、それでサヨウナラとは何ごとだ、と憤然としつつ、見放された気持ちになる。それでも、現実には外科医の示唆するとおりである。この外科医は現実主義の、むしろ誠実な人なのだ。基幹病院は終末期の患者には「環境が悪い」。

わたしは、終末期を委ねる「よい環境」の病院を探し始めた。どこへももって行きようのない怒りと、よりどころのない不安のためである。悲しみがわたしを包む。「余命二、三カ月」が脳中を駆け巡る。病身を安心して委ねられる「よい環境」を、なんとしても探し出さねばならない。

このままシズコさんを基幹病院に入院させておくわけにはいかない。基幹病院は日常生活を犠牲にして治癒に専念するところである。治癒が見込めるならば、日常生活を犠牲にして病院暮らしをしてもよい。だが、治癒不能の者にとって、病を持つ日々がそのまま日常である。病という現状を受け容れつつ、その人がこれまで持っていた生活習慣・ハビットを回復する。というより、病はありながらも、病とともに、その人らしい日常生活をする。シズコさんの場合、ともかく、筆を持つ生活をする、筆を持つことができる環境を見つける。治癒に専念する形態の生活をしながら、治癒しない、治癒できないというのは、時間の浪費、無駄であり、当人には残酷至極である。

わたしは二つの観点を重視した。ひとつはホスピス。ともかく、終末期にはホスピスが一番、と思っていた。たいていの医療関係本には、医療環境が整った生活の場として、ホスピスの良さが書かれていた。日常としての生活を送りつつ、医療的な保障もある、という点においてだろう。

（注記―二〇一〇年頃より、在宅へという動きあり）

二つ目は、患者を支えるわたしの側の利便という点で、自宅に近いところ、と考えた。わたしの日常生活もまたできるかぎり保障でき、それでいて看護・介護が臨機応変いつでも自在にできることを願った。シズコさんはもはや、秒読みである。また、クリニックの医師が、遠い病院は終末期には適切でない、と言っていたからである。その時点では、なぜなのかはわからなかった。ただ、わたしにとっては、彼を信頼するほかはない。結果として、彼の診断が一番正しく適切だったのだから。信頼できるのはこの医師しかいない、そんな気分だった。わずかな検査でたちどころに正確な診断を下した医師である。アドバイスもまた、正しく適切であるはずだ、と。

ホスピス病院を訪ねた。わたしの住む地方都市には、専門のホスピス病棟をもつ病院は一つだけ（注記―当時）。市の西端、田園地帯の真ん中に広々とした敷地をとって、その病院はあった。市の東端にあるわたしの家からはクルマで一時間弱である。

当該病棟に入ると、患者のための大きなホールがある。付き添いのための畳の部屋もある。そこで布団を敷いて泊まることもできる、と説明される。たまたま空いている病室を見せてもらう。十二畳以上もあると思われる広い部屋。真ん中にベッドがあり、壁面は作りつけ家具があるように見える。

「予約でいっぱい、入院は順番待ち、とお聞きしていますが、どれくらい待ちますか？」

「平均二、三カ月です」

息を呑んだ。それは、患者たちが入所二、三カ月でたいてい亡くなる、ということを意味するだろう。

ベランダが付いていた。引き戸を開けてベランダに出てみる。中学校の運動場が目の前に広がっている。子どもたちの姿が見える。体育の時間なのか、キャッキャと明るい歓声がこだまする。夏休み直前。真夏の太陽がまぶしい。

「酸素孔など医療機器設備はあの家具調の蓋に隠されているんですよ。普通の家のお部屋みたいでしょ」

看護師の説明の声に、部屋の方を振り返った。暗い。ベランダの向こうの明るさと熱気に対し、部屋の内は光の落差でいよいよ暗い。一歩足を部屋に踏み入れると、人の気配のない病室はクーラーが利いていよいよ冷たく、凍りつくような静けさが覆っている。この部屋で、何人の人が息を引き取っていったのだろう。広くゆったりとした部屋の真ん中に、回転式らしい大きなベッドがひとつ、異様な存在感を示している。動くこともままならない患者は、この部屋に一人隔絶され、ポツネンとあのベッドに貼りついているのだろうか。まったく、「裸の王様」ならぬ病気の王様である。時は七月猛暑のさなか、冷たいものがツツーと身の内を走る。

基幹病院のシズコさんの病室に戻った。

「ホスピスに行ってきたよ。きれいなところだった。でも、家から遠い」

「部屋には机も置いてあるんでしょ。だったら書を書くことができる。あなたが一週間に一度くらい来てくれれば、それで十分」

シズコさんは、退院したら何はともあれ、当初予定のとおり、個展準備の書作に取り組む、と意欲している。退院とはやはり、回復を意味しているようだった。これまであったような元気な自分が戻り、二、三年は活動時間がいただける、といつのまにか思い込んでいる。わたしは「二、三カ月」が脳中に渦巻いている。自在に動き回れる身体がいつまであるだろうか。「余命二、三カ月」ならば、動けるのはおそらく二カ月に足らないだろう。

「元気なときならそれでもいいだろうけど……。広い部屋にずっと一人なんて、淋しいよ」

常に傍で支えるには、クルマで一時間の距離は遠い。もう少し自宅に近ければよい。それでも、終末期にはホスピスが一番、との思いは消えない。

数日後、入院をお願いするつもりで代理受診をした。初めて会うホスピス医は、思いがけないことを語った。

「患者ご本人はホスピスに入ることを了解していらっしゃいますか?」

「はい、一緒に考えております。先生のような緩和医療専門の先生がいらっしゃるので、この病院に信頼をおくのですが、自宅から遠いのが気になります」

「当病棟に患者本人の意志で入ってきた人は三分の一、家族に勧められた人が三分の一、残り三分の一はどうして自分がここに入っているのかを知りません」

終末期の日々を人間らしく生きるという標語とホスピスということばとが結びついていたわたしには、驚きだった。最期の日々を自分らしく過ごし、人生の締めくくりを自分で創り上げていこうという意志的な患者が入っているもの、と思い込んでいた。

「健康な人が二人いれば、在宅で看られますよ」

在宅が、初めて選択肢の中に入ってきた。そうなんだ、二人いれば在宅も可能なのだ。最期は病院、という固定観念がゆさぶられた。ただ、シズコさんを看るのはわたし一人である。身近な家族はいない。きょうだいは遠方である。

医師は、「家族の事情さえ許せば」と言った。わたしは「二人」を用意できないが、わたしさえ「よし」とするならば、在宅で看ることができるのかもしれない。緩和医療の専門医が「在宅」を示唆している。この医師は、入院したいとやって来た患者を自分のところに取り込もうとしない。誠実な医者なのだ。

シズコさんは親たち三人を在宅で看取ってきた。祖父（わたしの曾祖父）はわたしが小学生のとき。そして祖母（わたしの曾祖母）、最後に母親（わたしの祖母）を見送ったのが昭和四十八年である。その頃は、在宅で看取るのが過半だった。統計によれば、在宅死と病院死の割合が逆転したのは昭和五十一年から、という。当時、わたしたち子どもは幼かったり、実家を離れて学生生活をしていたり、また夫（わたしたちの父）は一家の大黒柱として仕事一筋で、シズコさんは実質一人で看病した。

「在宅」がわたしのなかで初めて浮上した。だが、医療はどうするのだろう。誰に、どこにお願いできるのか。シズコさんが親たちを看たときは、家から徒歩圏にある開業医が往診した。往診する医院はあるのか。不安がよぎる。ホスピス入院にためらいも残るが、それでも、ほかならぬ専門医のいるこの緩和病棟に終末期をお願いするほかない、と入院予約を入れた。

「空き部屋の順番が回ってきましたら、ご連絡しますね。その時入院するかどうか、決めてもらえば結構です」

二、三カ月の待ち時間は、シズコさんの託宣された余命と同じである。入院できないうちに最期が来てしまうかもしれない。すがるような思いで、わたしは深々と頭を下げた。

「空いたら、すぐにご連絡ください。よろしくお願いいたします」

地域医療病院――「ターミナルをお願いする病院は……」

ホスピス入院の予約を取りつけ、一安心した。とはいえ、入院できるのは数カ月先のこと。基幹病院退院直後のあてがない。不安がつのる。退院予定の日は迫っている。その日を過ぎて基幹病院に居続けるのは、治る見込みのない患者にはいたたまれない。受診に通うのも、隔靴掻痒の感がある。基幹病院の医師が担当するのは、次から次へと現れる急性期の新しい患者たちだ。

家から近い医院や病院をいくつか思い浮かべる。少し離れたところに、中規模の地域医療病院がある。外科医に相談すると、「あそこはいいですよ」と暗に推奨する。「診療情報提供書」をもらって出かけた。

家から二キロ、クルマに乗って十分もかからない。距離の近さが取り柄だ。外来の受付時間を過ぎた午後、こぢんまりとした病院の待合ホールは、わずかに数人の人が、患者なのか入院患者の関係者なのか、行き来しているだけである。誰に相談したらいいのだろう、と不安のままにあたりを見まわす。と、一人の看護師がわたしの前を横切った。

「すみません、ターミナルをお願いできる病院を探しに、訪ねたのですが……」

「衆目のホールでお聞きする話ではないようですから、どうぞこちらへいらしてください」

小部屋へ導かれた。思いがけない優しさに触れ、涙がはらはらとこぼれ出る。わたしは、シズコさんを一人支える緊張に張りつめていた。だが、寄りかかって泣く相手はいない。ともに支える人はいない。その緊張が一気に解けだす。看護師はわたしの話にじっくりと耳を傾けた。

「当院の内科医が一緒にお話を聞いたほうがいい。土曜の午後なら時間が取れます。その日、もう一度来ていただけますか」

その土曜日

四十代初めと思われる医師は長身だった。挨拶を交わし椅子に座った。妙に脚が目立つ。膝が椅子の高さよりずっと上にある。脚の長さに反比例して、椅子を低くして座っている。患者を見下ろさず、むしろ見上げる目線になるようにしている。先の看護師も、立って見下ろすのではなく、医師の傍らに椅子を置いて座った。

「数日後に基幹病院を退院することになっているのですが、その後をこちらでお世話になりたくて……。勝手のいいお願いですが、後日ホスピスに入ることも考えているのですが……」

「当院はさまざまな患者が入り交じっています。ここからホスピスに行かれた患者さんもいますよ。あちらに入所できるようになったとき、お考えくだされぱいいです」

「わたしどもはできれば、しばらく在宅したいのですが、こちらを受診したことがありません。先生に患者のことをわかっていただくために、こちらの病院にいったん入院したほうがよろしいでしょうか？」

「それには及びません、大丈夫です。ご退院の日程がわかったらお電話ください。そのときご自宅に伺います」

「往診してくださるんですか？」

「はい、わたしたちが往診します」

緊張が一気に安心に変わった。深々と頭を下げた。

「ありがとうございます」

翌日、その病院が提携するケア・マネージャーが、介護保険の認定にさっそく基幹病院までシズコさんを訪ねてきた。ナース・ステーション前のホールに出て来たシズコさんは、初めて会うケア・マネに、すこぶる快活そうに自分のことを話した。

「八十四歳、一人暮らし。いわゆる独居老人。でも、これまでずっと自分の生活は自分で全部こなしてきたの。加えて、書活動もしているのよ」

お世話にならなくてもきっと大丈夫、と言いたげである。判定は要介護1。一般に、ケア・マネの前では心身共に弱っている様子を示し、重度の認定をいただいて保険で賄える介護の範囲を増やそうとするものだ、という。シズコさんは逆である。これまでどおり、一人でやれる、否、一人でやる、と。そう思うことで、自身を鼓舞している。

祈り——「助けてください」

わたしは、シズコさんが終末期であることを受け容れていたつもりだが、だからこそ、少しでも「太く、長く」いのちをいただくには、どうすればいいか、とあがいた。近代医学が及ばないなら、残るは祈りである。祈るほかない。白山信仰に熱心な知人が、わたしに霊験あらたかな事例をいくつも話し、シズコさんのためにお祈りを願い出るといい、と勧めた。

市街を離れてかなり奥まった山裾の、人家を離れ一面に広がる畑のなか、小さなお堂のような小屋がポツンとあった。修験者の先生のお祈り堂である。朝一番に出向いたが、すでに三人が待合室にいた。一人あたり三十分ほど。ふすまの向こうから、般若心経の声が低く聞こえる。待合室の人たちとよもやまの話をした。

「初めておんさったんかな。こちらの先生はなんでも解決してくんさる。あんたさんはそんで、どうしなさったんやなも?」

「母が末期癌で……」

「うちの孫が難病で、どこの医者もお手上げやったとき、初めてここの先生にお願いしたの。何回か祈ってもらううちに、なんと、今は病気知らず、元気に育っとる。ありがたいことや。家族のもんみんなが健康《まめ》に過ごさしてまうために、いっつも先生にお頼りするんやわ。あんたさんのお母さんもきっと治してくんさるに」

一時間余り待ってわたしの番になった。白い浄衣を着た七十歳前後かと見える男の人が、観音さまを祀る仏壇に向かって座っている。シズコさんの病状と経過を伝えた。

「苦しんでいる仏さんは、助けを求めて現世の弱い人に頼られる。病気はたいてい、それで起こる。お母さんは頼られておられるかもしれん」

修験者の先生は静かにじっと祈った。

「家の中に仏像がたくさんあらへんか？」

「はい、二十体くらい。大きなものから小さなものまで。父が晩年、仏像彫刻をたしなんでいましたので」

「やっぱり、や。仏像は読経が食事や。経を読まずにおると餓えて苦しまれる。わしが祈ったげるが、早く手放さんと、二十もの仏には読経が追いつかん」

人形供養などと同じように、まして仏の姿をしているものを粗末に扱うことのないよう戒める教えが、このような話になっているのだろうか。あるいは、霊というものがこの世にあきらかに存在するのかもしれない。修験者の先生は般若心経を五十回唱えられた。仏像は、紆余曲折を経て紹介をえた寺に相談して引き取ってもらうことにした。

次の週。また同じように、修験者の先生は般若心経を何十回と唱えて、じっと祈った。

「霊が出ておる。お母さんを頼って来とらっしゃる。病気が治るには、仏さんの霊を鎮めてあげんといかん。霊の戒名がわかれば、祈ってあげられる」

病院に戻り、シズコさんに、語られたとおり、霊の年恰好や風貌を伝えると、シズコさんはにわかに憑きものがとれたような希望の光を、痩身にみなぎらせた。

「おにいさんだ。おにいさん、お願いします。わたしを助けてください」

兄のように慕ったいとこ叔父だ、と言う。数十年も前に亡くなっている。シズコさんはベッドの上でじっと手を合わせた。

わたしの兄は見舞いに来て、こんなふうに言う。

「僕は霊の世界だの祈りだの、信用しない。おまえが頼るのを止めはしないが、ただ、変なものにつかまってお金を失うことのないよう、注意した方がいい」

正論である。わたしには、修験者の先生の心眼に見えた霊たちが存在するのかどうか、わからない。ただ、見えないものを見るという力は信じる。近代医学は生に向かう技術である。「余命二、三カ月」の託宣は、医療技術の限界を露呈することであり、患者にとっては生の世界からの追放、である。当事者のその辛さ、こころに、どのように寄り添うことができるのか。あのときわたしは、具体的に傍にいること、そして、祈るだけでなく祈りを形に表すこと、そのことで寄り添うほかなかった。

しばらくは、わたしが修験者の先生に祈りを願いに行くたびに、シズコさんの希望はふくらんだ。霊の仕業というのか、わたしの心根が伝わったのか。修験道の祈りはシズコさんにはかない幻覚を与えたに過ぎなかったのか。それとも、わずかながらにせよ、生を勇気づけるものとして働いたのか。

希　望──「辛くなると楽観的な見方をしたくなる」

退院を前に、栄養指導なるものがあった。胃の切除術をした人のためのもの、という。胃の手術ならば何であれ、一律にほどこされていた。

「関係なかったね」

胃は切除されていない。病巣を持ったままである。違和感のままに指導室を出た。シズコさんは黙って何も言わなかった。手術の傷が癒えていくごとに、病巣を持ったままであることの不安が、高まっていた。いったい、どれだけの活動時間がいただけるのか。

G先生が病棟に顔を出す。彼は深夜に及ぶ余命宣告の場を参観した研修医だ。以来、手術後の経過観察ということなのだろう、折々訪れる。G先生が来るとシズコさんは嬉しそうな顔をする。ひとしきり話をする。病のことではない。シズコさんは、未来をたっぷりと残した若者が好きだ。

「わたしは書作をしているのよ。書というとみなさんは静かなイメージを持っておられるかもしれないわね。机に向かって正座し細い字をしたためる、というように。わたしは立って書くのよ。畳一畳以上もある紙に向かうから、腰の弾力がいるの。書は筆先で書くんじゃない、全身で書くの。身体中の力が筆先の一点に入り込むの。上半身がやわらかくないとできないのよね」

「僕は高校時代にほんの少しですけど、書道をやっていました。筆のやわらかさが面白かったですね」

「いいことを言われるわね。そのやわらかさが書の生命なのよ。わたしは超長鋒といって毛の長い筆を使うんだけど、筆が扱いにくければ扱いにくいほど、毛先の弾力に身体の力が活かされる。その逆も大きいのだけれど」

「僕は、書を見て、その人の人柄が見えてくるような気がするときがあります」

「いいことを言われるわ。書は身体なのよ。身体って心と肉体がともに統合した……」

シズコさんの快活な口調が、そこでぷっつりと止まった。しばらくの間があった。

「わたしは、三年をかけて書作しようと思っていたの。自分の最後の仕事になる、そう思って計画し、緒についた矢先、病発覚し、こういうことになってしまった。個展の開催は、入院になる前から決めていたの。ささやかとはいえ、自分にとっては大事なプログラム。それを三年かけてやろうと思っていたけれど、一年が余命というなら、一年でできることを考えなければならない」

シズコさんの中で、「余命二、三カ月」はいつのまにか「一年」になっている。

「辛くなると楽観的な見方をしたくなる。手術をしたのだから五年、少なくとも三年はいのちがいただけるのではないか、そんな希望的見方になる。それでも、日々を充実して、いつ死んでもいいのだと諦観しようとしたり……。あなたと話をしていたら、なんだか長く生きられるような気がして、嬉しくなってきた」

「そう、入り交じりますね」

「若い人と話をしていると、楽しくなるわ」

5　使　命——死に向かう生のプロデュース②……………八月

退院——「最後の、大きな作品を書くつもり」

七月二十二日

梅雨明け直後の強い太陽が照りつける日、あらゆるものが活動に跳ね回る季節、シズコさんは基幹病院を退院した。術後二週間強の後である。

ベッド周りの片づけ、挨拶、精算などをすませ、配膳の昼食をいただいてから病院を出ることにしていた。いつもながら、食膳はほとんどをわたしが食べることになってしまった。シズコさんはいちだんと食が細くなっている。退院に際して、外科医は言った。

「一カ月後の受診をどうしますか?」

受診日の予約を入れておくかどうか、と外科医はわたしに問う。その頃には、シズコさんは病院に受診に出かけられる状態にはないだろう、と彼は見ている。と思うや、悲しみと憤りが噴出する。

「もちろん、受診日は設定していただきます」

わたしの閉じ込めている心のふたがパクリと開く。医療から見捨てられている。そんな被害意識と弱りゆくシズコさんを抱えていく悲しみが、矛先の違う怒りと苛立ちになる。外科医はわたしの覚悟を促すように、ひそやかに言う。

「食べられなくなる時が来るより、衰弱の方が早く来るでしょう」

午後二時半、炎熱にかげろうゆらめく大気のなか、わたしはゆっくりと歩むシズコさんを支え、駐車場のクルマへと向かった。追われて立ち去るようなシーンとした淋しさと不安に、押しつぶされそうになる。これからは二人で歩む。シズコさんの最期の日々を、そのすべてを、わたしが担い支える。緊張に身が固まってしまいそうだ。これからシズコさんは、ただひたすらに終末期を過ごす。その日々を、どのように支えることができるのか。どのように最後の仕事の締めくくりをつけさせてあげることができるのか。不安と責任と悲しみと淋しさが、わたしの身を浸す。

その時、甲高い声が聞こえた。

「せーんせい！」

お弟子のKとTだった。明るい顔をのぞかせて、病院まで迎えに来てくれていた。一人はシズコさんより一回り年下、もう一人は二回り年下のお弟子である。近くに住むきょうだいや家族が他にいなくとも、シズコさんの周りには親衛隊がいっぱいいる。

「(退院できて) よかった、よかった」

二人は心配しながらも、退院は回復であり、以前に変わらずこれからもシズコさんに師事できるものと喜んでいる。揚々として明るい二人を乗せ、四人してシズコさんの家へと向かう。真夏の鋭い太陽を跳ね返すやさしさが、クルマの中に充ちあふれた。

シズコさんもまた、たとえ手術はバイパスであれ処置はしたのである、しばらくは元気な日々がやってくるはず、と思っている。ひとたびは回復して活動の日々を持つ。当初予定のとおり、退院したこれからは急いで個展準備に取り組む、と厳粛なる決意をもっていた。その一方、いまだ充分な回復を感じ取れないことにかすかな不安をいだいていた。だからこそ逆に、一段と元気はつらつとして、お弟子の二人に語る。

「書教室のことは、お二人にお任せしたいの。あなたは三十年、そしてあなたは四十年と、お習いしてくださっているから、若い人の指導をしてくださるわね。教室の灯を消さないよう、お願いしますね」

「わたしはお時間をいただいて、個展の準備をします。大きな作品を書くのはこれが最後。三メートル×二メートルもある紙面に書こうと思っているの。お二人には作品書きのお手伝いもしていただきたいわ。見ていただくのも、最後になるから」

家に着くや、シズコさんはこれからの自分の書活動の計画を意気揚々と話した。

お弟子の二人が帰ると、これまで三週間、人気のなかったシズコさんの家は、再び奇妙な静けさに覆われた。わたしはこれから、シズコさんを支えて一人で二人を生きる。そう思うと、身の締めつけられるような緊張を感じた。その時である。

「ピンポーン」

数週間留守にしている家に、いったい誰が来るのか。よりによって、ようやく帰宅できた日に、つまらぬ物売りがきたのだろう。いぶかしみながらベッドに休むシズコさんを残して、玄関に出た。白い服の男女が、にっこりと笑顔をたたえて立っている。

「こんにちはー」

退院後の医療をお願いした地域医療病院の内科医と看護師の二人だった。にわかに、わたしの顔はほころんでゆく。

「ありがとうございます。もう来てくださるなんて、思ってもいませんでした」

「僕たちは、いつでも来ますよ」

長身の医師は笑顔で言う。わたしは大安心した。わたしたちは医療から放り投げられていない。この人たちと一緒にシズコさんを支えるのだ。

シズコさんは初めて会う医師と看護師に、持ち前の気遣いを見せた。そして、自分はこんなにはりきっている、こんなに若々しい、と気丈な姿を見せた。医師は、ただお腹をさわるだけで、ほかは話をするばかりだった。これまでの活動、これからの生き方、どういう日々を送りたいか、と。医師は、わたしの持参した基幹病院からの「診療情報提供書」を受け取っている。すでに症状と治療の経過を知っている。

「なお、患者さまご本人にも、ほぼ正確な告知をいたしており、余命が短いであろうこともご承知されておられます」（「診療情報提供書」の付記）

衰弱――「なにもできず、横に」

退院の日は、シズコさんの家に戻った。わたしも泊まった。翌日から、シズコさんはしばらくわたしの家に休むことにした。書活動に専心できるように、と配慮したのである。充分な元気が戻るまでは、しばらくわたしの家に居住し、衣食住の家事をわたしに頼ることにする。そうして自分の家のアトリエに通い、書活動をする。おもむくままに存分に書作だけに集中する。その後さらに体力が回復したら、自宅に戻りこれまでのように一人居住する。そんな目論見で、当面は自宅アトリエに通うことにした。

退院四日目、七月二十六日

シズコさんは自宅アトリエに出かけ、仕事始めを期した。数日身を休めていたが、体調は目立って回復していく、という感覚がない。それでも、弟子たちのために、一秒たりとも時間を無駄にはできない、とアトリエに行った。わたしはクルマで二キロほどを送り迎えした。

「一日中、手本を書いた。とても疲れた」

翌日、シズコさんは自宅アトリエに行かなかった。否、行けなかった。一日中寝衣を着替えることなく床に臥していた。

「お腹が重い。支えていないと歩けない」

翌々日、意を決してアトリエに行った。往診日。

「医師にいろいろ話を伺ったが、お腹が固い。蹴ったようなかんじ。見かけはペチャンコだが。これはキズのせいか、と問うと、腹膜のせいだろう、とのこと。それではこの固さはもとの柔らかさに戻らないのか。何カ月ではなくても、やはり一年数カ月とか、せいぜい二年のいのちを、しっかりと覚悟して、これからの日を踏みしめなければ、と固く思う」

（退院六日目　シズコさんの日記）

シズコさんは、わたしが昼食に用意したお弁当をほとんど食べず、残して帰ってきた。

退院七日目、アトリエにシズコさんを送る。

「今日は快調と思っていたのに、何となくお腹が重くて、不快。アトリエに来たのに、午前中ソファから起き上がれず。（個展準備のために）『日本の子守唄』（松永伍一著）を読む。三カ月などと軽口を言うものの、これはほんとに重いことだ。言霊思想じゃないが、あんまり口にしないようにしよう。お腹の硬さはいつになったら治るだろう」

（シズコさんの日記　カッコ内はわたしの注釈）

シズコさんの余命意識は揺れている。退院間近の頃には、希望的観測が心を占めるようになって、五年と想定している。退院六日後には、体調の悪さに二年と想定を縮めた。翌日には月単位やもしれぬ、と厳粛に受けとめた。そして、すぐにそれを否定しようとしている。この日七月二十九日、退院七日目を最後に、シズコさんの日記ノートは空白になった。ノートを開いて書く、という体力がなくなった。小学生以来八十年弱、毎日欠かさず日記を書いてきた人である。


アトリエに足を運んで四日目、退院八日目　七月三十日
わたしは、昼食のお弁当にいっそう消化の良いものを用意し、アトリエに送った。お昼過ぎにアトリエに電話した。シズコさんの声が弱々しい。

「どうかした？」

「何もできず、ずっとソファに横になっている」

すぐにクルマを飛ばした。わたしの家に連れて戻った。すぐにベッドに休ませる。胸つぶれるような悲しみと不安が押し寄せる。

退院九日目　七月三十一日

シズコさんは吐き気を訴えた。夜中にも吐き気を訴え、二時間余り背中をさすり続けるが、治まらない。真夜中、病院に電話した。深夜二時、薬を取りにクルマを走らせた。シズコさんの身体が熱い。次の朝もまだ三七・五度。医師は腫瘍熱だろう、と言う。一日中、家に休む。

退院後一週間にして、日に日に体調は下降していく。アトリエには、退院後わずかに四日行ったきりである。一日は手本を書いた。あと一日は、お弟子たちに「これが最後の指導」とばかり、手ほどきをした。あと二日間は、アトリエには行ったものの、終日、横になって休んでいた。

八月十日

お弟子たちが集まる書教室の日。十日ぶりでアトリエに行った。

「当分、回復するまで、教室の指導は高弟の人にお任せすることにしました」

この挨拶をするために、出かけた。これだけはお弟子の顔を見ながら自身で言いたい、と思ったのである。以降、自宅アトリエに行くことはなかった。行けなかった。まして、一人で自宅に居住し、存分に筆と遊び、当初予定の個展作品を揮毫することは、夢と終わった。退院直後の一日を自宅に泊まったきり、以降、わたしの家を自宅として暮らし、ベッドに休み、しばらくの間、頭の中で書作の想を練り、書く素材の文章を創り、メモし、また読書した。

書教室の翌日、シズコさんは激しく吐いた。いちどきに五回吐いた。「気持ちの悪いのがすっきりした」と明るい顔をみせたが、疲労困憊している。以降、少量の食事も、食べればすぐに気持ちが悪くなった。毎日のように吐く。一日に何度も吐く。明らかに、通過障害が始まった。バイパス手術によって胃から小腸への通路を確保するはずが、そこをもすでに癌細胞が占拠し塞ぎ始めたのだろう。何のためのバイパス手術だったのか。胸が張り裂けそうな悲しみである。

猛暑の日々、口からの水分補給が追いつかない。点滴のために病院に連れて行く。

出発──「回復を待っていては何もできない」

ほとんど食べられない。一日ににぎり寿司たった一つ分程度のご飯と野菜少々、それでもシズコさんは吐いた。日毎にやせ細っていく。毎日、静脈点滴を受ける。病院通いは辛い。すぐに訪問看護師による自宅での点滴となった。

往診を終えた医師が玄関に見送るわたしに耳打ちした。

「八月末まで、もつかどうか」

息を呑んだ。

お盆が来る。庭に、蟬の抜け殻を見つけた。夕方になっても、残暑は厳しい。芝生は葉がよじれて茶色く、水不足を示している。シズコさんは寝衣を着替えることがなくなった。終日、身体を休めている。筆を持つ日は来ない。刻々と時が過ぎていく。日に日に状態は悪くなる。個展計画は遠ざかって行く。ひとときの「回復」も夢見ることはできない、と覚悟を突きつけてくる。それでもシズコさんは、休んでいれば、体調の「回復」する日もあるはずだ、とかすかな期待を持っているように、わたしには見えた。病発覚から無為徒労に終わった入退院だけで、シズコさんの人生を終わりにさせるわけにはいかない。自責とともに祈りが、願いが、あった。終日ベッドを離れられず休むシズコさんに、わたしは懇願した。

「今日より明日の方が体調がよくなるだろうと、治ることを待っていないで、筆を持ってよ。今日より体調のいい日は、来ないかもしれない。今日がベストの体調、今日がベストと、筆を持ってよ。この家でできる作品づくりをしてよ。あの座卓で書ける作品、小さい作品を、書こうよ」

ベッドのある部屋から南側に和室が続く。襖《ふすま》はふだん開け放していて、ベッドからは、庭の緑を背景に座卓が見える。座卓まではほんの数歩である。その和室をアトリエとし、わたしの家で書作する。書けるときに書く。体調に任せて筆を持ち、休みたいときにすぐ休む。そんなふうにして書いてほしい、と病を顧みない苛酷ともいえる願いを、わたしはシズコさんに託した。

「あの座卓で書こうよ」

シズコさんはそれには応えなかった。ただ、時折ベッドの上で、A5程度の紙を頭上にやって、何やら書いていた。

八月十六日
盆参りの人たちの出入りが落ち着いて静かな日々に戻った日、シズコさんは言った。
「アトリエでなければ大きな作品は書けないと思い、どうしてもアトリエに行こう、と思い続けてきた。体調が回復するのを、ずっと待っていた。でも、待っていては個展計画の完遂をめざすことは、永遠にできない。ここ数日、おばあさん（シズコさんの祖母）のことを詩文にして書き始めた。入院中に書作のための文章（素材原稿）を書き留めていたけれど、もう一度書き直している。個展の構想を最縮小して取り組む。帖作品、それが今の自分にはふさわしいこと、と思えてきた」
帖とは、屛風様に仕立てたA4判程度の折り本で、たいてい見開きの二面、あるいは一面ごとに一篇ずつ書作し、一冊の本とするものである。シズコさんは、アトリエから帖を持ってきてほしい、と頼んだ。何かが書かれるのを待っている白紙の帖二十冊ばかり。シズコさんにとって思い入れ深い着物を、表紙の布として仕立てたものだった。もともとは、何を書こうとして書道具屋に造らせてあったのか。

表紙の布は四種類あった。芭蕉布。薄茶色の地に濃い茶の格子模様が、小さな格子三本ごとに大きく太い格子が鎖状につながれて続き、そこに濃淡が交じる。庶民の日常着から始まったものだが、織り糸の一本ずつに人の心がため込まれている。二つ目は紬《つむぎ》。薄い茶色に黒っぽい色の格子が入った、渋いが落ち着いた品のいい大島紬。三つ目は縞《しま》。鼠色が銀色に輝く地に黒の縦縞。二対一ほどの割合の色幅で、渋い色合いに絹の光沢が映える。粋だ。四つ目は絞《しぼ》り。地色は紫。絞りの模様部分は白。抑えた色合いのうちに総絞りの華やかさが潜む。

芭蕉布は、私淑する鶴見和子先生から、先生が身にまとっておられた着物を解いたときいただいたものである、先生の魂をいただこうとの思いである。ほかの三つは、シズコさんの母親の着物である。地味ながら粋。渋いが華やか。庶民的ながら品がある。どれも愛着を持って着こんだ着物である。

祖母は裁縫で生計を立てた。呉服屋の仕立てと近隣の娘さんたちを教える裁縫塾である。そして現金収入のすべてを着物に投じる着道楽だった。否、夫を早くに失った祖母は、男のいない家で自尊を保つには美のほかはない、と思ったのだ。金もなければ社会的地位もない家の、女あるじである。矜持のために、自身が常に美しくあること。美のためには金を惜しまない。借金しても着物を新調する。シズコさんの母親、わたしの祖母は着物の人だった。

その着物を、着られないままお蔵入りにしているのではなく、陽のあたるところに取り出し、自分の手元に置き今に生かしめたい、とシズコさんは思ったのだろう。シズコさんにとって母親は、愛憎背反しながらも、生涯もっとも甘え、心のうちでもっとも愛した人である。祖母はただ一人子のシズコさんを生涯もっとも愛した。それに恩返しをしないまま、見送ってしまったという罪障感がある。その情愛が、形見の着物の布を表紙に仕立て直させたのだろう。

個展計画「子守唄曼陀羅」は当初、大作による書活動の最後として、米寿記念として三部構成で計画されていた。第一部は日本中にあるさまざまな子守唄。第二部は子を思うものだけではない庶民生活の辛さ喜び等々がうたわれたもの。そして第三部には自分自身が育てられてきたふるさとと親たちへの思いを自ら綴る子守唄、母守り唄とする。子守唄と総称されるものには、名もなき人々の思いの丈が激しく素直にうたわれている。そこには、愛も憎しみも怒りもあらゆる思いを溜めこんで黙々と生きている人々の姿が潜んでいる。情愛、悲しみ、辛さなど庶民の情感を、それぞれ一枚ごとの紙面空間に響かせる。そして、一作一作とともに、会場全体に一つの交響曲が鳴り響くものとして構成する、と考えていた。

その構想を最縮小して取り組む。帖を開き、頁を開くごとに音曲が聞こえて来るような、帖の最後のページを閉じる時、心の中に何か静かなメロディが残るような、そんな小品を書く。全国の唄を調べる仕事は今や力仕事にも等しい。自分の頭と心の中をめぐり見ることは寝ていてもできる。自分自身の思いをうたう母守り唄、婆守り、爺守り唄を書く。三部構成にするだけの作品数を書く体力は、もはやない。第一部と第二部は割愛し、第三部として考えていた自作の詩文だけを書にする。親たちの愛、ふるさとの自然風土、周囲の人たち。それらが、根っこのところでいつも自分を支えてきた。それこそは、まぎれもない世界であり宇宙である。微塵としての自分は宇宙につながっている。宇宙の微塵に還ろうとしている今このとき、父祖と自然に対する愛と感謝を響かせる。自分はそれを帖に書作する。それしかない。それが最後の使命である。シズコさんはそう考えた。

人は自分のためだけに仕事することはできない。誰かのためという思いあって、はじめてできる。シズコさんはベッドの中で詩文の想念に包まれていた。半身を起こして鉛筆を動かし、寝たまま小さなメモ紙を上方にして、折々書き留めた。身近な生活、父祖たち、自然風土を想い、感謝する一大叙事詩である。

シズコさんの頭の中で、瀬音が聞こえる。川石の転がる音、川床に湧き上がる清水の響きまでが耳に届く。深い緑色の底知れぬ深さのなか、鮎の群れ泳ぐ姿が見える。淵瀬から立ちあがる山肌は苔むして、白い小さな花が隠れるように咲いている。淵瀬の上の山肌に咲く小さな白い花、それは自分だ。木々のゆらめきに風が肌をなでる。木漏れ陽がまぶしい。目印の大きな太い木が見える。淵瀬の上の山を歩いているのは、あれは誰なのか。祖母と一緒に花を摘む幼い自分なのか。それとも……。シズコさんはベッドの上で想念の中に渉猟する。

『子守唄曼陀羅』　ふるさと　洞戸《ほらど》の部　（自作詩文　平成十七年九月三十日揮毫）

ふるさとは洞《ほら》の中である
めぐりをすべて山に囲まれ　谷を巡り　川を越え山を越えて他所へでる
わたしの家は村のほぼ真中にあり　家のすぐ前の堤防の下には柿野川が流れていた
この川は大きな谷だった
東の方へ百メートルほど　畑の中の径を歩くと　板取川だった
その川は鈴淵という美しい淵をもつ大川《おおかわ》だった
川には深い緑色の水が滔々と流れていた

わたしは生まれた時から　このふたつの川の音を聞いて育った
小学校のころ二階で勉強しているとすぐ下の谷の瀬音から
川石の転がる音までが聞こえた
耳を澄ますと　大川の流れから
川床に湧き上がる清水の響きまでが耳に届いた
風の音　雲の音　山の音までがわたしを包んだ
大川は村中の人びとの喜びも悲しみも　ひとしく慈しむ川である

なかでも　わたしは　鈴淵が好きだった
おこまい淵も好き　大瀬《だいせん》も好きだった
これらの淵は底知れぬ深さを湛え　深い緑色に染み
鮎の群れ泳ぐ姿がいつでも美しかった
あるときはしあわせな男女が恋を語り
あるときは悲恋のために　この淵に身を投じた

遠い人の語り草も伝えられた

（中略）

淵の中から立ちあがる山の肌は苔むして
いつでも白い小さな花が隠れるように咲いていた
後年　書を学ぶようになり
その昔師匠につけていただいた雅号をさらりと捨てて
「瀞花」と自ら命名した
鈴淵の上の山肌に咲く小さな白い花のようになりたい　と思った

（中略）

この小さな洞戸村の山と空と雲と風と月とに
わたしは育てられた
わたしは幼時から　鈴淵の山の上に出る月を見るのが　好きだった

（中略）

中年を過ぎて中国に渡ったとき
あの広大な大地の上には地平線が見えなかった

土から空につながる無限大の大空に皓々《こうこう》と輝く月を観たとき
わたしは　突如として体が震え出し　滂沱《ぼうだ》として涙が溢れ出た
ああ　あの月なのだ洞戸村の月とおんなじなのだ
あの小さな洞戸村の小さな空に輝く月とおんなじなのだ
あの時の感激が忘れられない

洞戸村の山の上の月はわたしを
世界につなげてくれました
世界につながるふるさと
世界につながるふるさと　洞戸の山と川

そして世界につながる自分の存在を
洞戸村は妙なる自然の子守唄で育ててくれました

二〇〇五・九・三〇記

書作――「自分は治らない」

その日、午前中に点滴を受け、午後、シズコさんは初めて座卓に向かった。

「限られたいのちの宣告笑みて受く　それってあんまり立派すぎない?」

（経本の裏表紙にシズコさんの走り書き　真夏八月七日の記）

「笑みて受く」には「立派すぎ」る。本心は、悲しくて泣いている、悔しくて叫んでいる。無念で放心している。それでも「限られたいのち」を「受」けるほかないならば、「笑み」て受けてみせよう。「笑みて」心に決めたプロジェクトをやりとげる、とシズコさんは決意する。戦中を生きた人である。「撃チテシ止マム」と。

着手したのは、まず『鶴見和子　短歌六十選』だった。先生のお歌は、三年前に個展『いのち曼陀羅　鶴見和子の歌を書く』で渾身書いている。壁面いっぱいの大きな作品群である。割愛した歌をどうしても書きたいと思っているのだろう。それにしても、『子守唄曼陀羅』まで書く時間が残されているだろうか。最縮小版に構想しているとはいえ、時間切れになるのではないか。わたしは内心ハラハラした。

シズコさんは、先生のお歌を書く。先の個展での選歌と構成とは、また異なる。死を「花道」として迎え入れ、「花道」として最期を歩む。そのように方向づけ鼓舞したのは、ほかでもない和子先生のお歌である。死に向かう思いを、先生の歌に乗せて語る。病院のベッドの上で、改めて六十首を選んだ。余命の託宣の前に打ち負かされ萎えてしまうのか。病に萎える身体をもってしてなお、自分らしく歩むのか。これまでも、自分を失いそうになる危機を乗り越えさせてくれたのは、先生のお歌だった。心の内で元気づけられ、勇気をいただいてきた。どうしても先生の歌を書く。

折り帖も準備してある。先生には芭蕉布までいただいた。それを表紙に仕立ててある。若い頃から仰ぎ見るばかりのお方ながら、病に倒れてなお敢然として立ち上がられた姿に、つねに励まされてきた。この期に及び書作しなければ、先生に私淑したとは言えない。シズコさんはそう思う。

「酸素なき穴に落ちゆく夢を見て覚むれば萎《な》えし手は胸にあり」
「車椅子に乗りて歩めば目線低く小さき花の潑剌と見ゆ」
「人間は死ぬまで成長すと寝《い》ねしままことば失いし父は示し給えり」
「身の中《うち》に死者と生者が共に棲みささやきかわす魂《たま》ひそめきく」

「生命《いのち》細くほそくなりゆく境涯にいよよ燃え立つ炎ひとすじ」
「大いなる宇宙と小《ち》さき我が宇宙おなじ鼓動に脈搏《う》つをきく」
「水俣のヘドロの海を森となし石仏を置く次の代《よ》の夢」
「えごの花散る下道の勾配を味わいつつ歩むひと足ひと足」
「萎えたるは萎えたるままに美しく歩み納めむこの花道を」
（以上、鶴見和子　歌集『回生』『花道』より）

自分は、ともかくも手術から目覚め、今生きている。病が拓き見せてくれるこれまで見えなかった世界をしっかりと見つめ、最期まで「前へ」と歩みを進める。自分のいのちが死と隣り合わせにあることを感じ入るとき、だからこそ最後のいのちを燃焼し尽くしていく。そうして、宇宙自然の中に融け入っていく。去りし後の代の幸いを祈りつつ、涅槃《ねはん》に向かう。シズコさんは先生の歌に自分の思いを次々と重ねる。

その日、端然と二時間ばかり座卓の前に座り、折り帖十四頁、七首を揮毫した。ふらふらになった。ベッドに戻った。夕食は食べたくないと言った。夜八時、血の交じった赤黒い液体を、洗面器一杯吐いた。

翌八月十七日

夕方になってようやく体調が落ち着いてきた。二時間ばかり座り和子先生の歌を五首、十頁書いた。へとへとになった。夕食はまったく食べられなかった。

その夜、八月十八日早朝

トントン、トントンと間断なく続く音に、わたしは目を覚ました。わたしは、寝ていてもシズコさんのことがわかるところ、一・五メートルばかり離れたところに布団を敷いている。

「どうした?」

「吐き気がする」

背中をさする。二時間ばかり続けるが、吐き気は治まらない。書作に精を尽くし過ぎたのだろうか。翌日、シズコさんは一日中ベッドを離れることができない。

翌々日、八月十九日

朝からじっと目を閉じている。午後五時を過ぎたとき、決意したように、全力をふりしぼってベッドから起きだした。

「よしっ!」

それから一時間、筆を持った。

「自分は治らない、ということ。また、お腹のなかが異常であるということ。それらを今は自覚する。自覚せざるをえない」（八月二十日　シズコさんの手帳メモ）

その数日後から、手を貸してもお風呂に入れなくなった。座っているのが苦しい。まもなく腹水がたまりはじめた。それでもシズコさんは書作した。できるかぎり毎日、毎日できなければ数日おきに、二時間できなければ一時間、と折り帖に向かった。ベッドに続く和室の座卓まで、這ってたどり着く。筆を持つ腕を宙に浮かしている力が保てない。腕の下に数センチの高さの箱を突っ支《か》いに置いて腕を高く保つ。一時間弱も座ると、立ち上がる力は残っていない。わたしはシズコさんの座る座布団をそのままベッド脇まで引きずる。それからシズコさんはわたしの首につかまってようやくにして立ち上がり、ベッドに倒れこむ。

起き上がるのがいよいよ困難になる。筆を持つのは、二日に一回、三日に一時間と、時間は短く、インターバルは長くなっていく。そのようにして二週間ほどののち、A4判大の折り帖『鶴見和子　短歌六十選』書作集全八巻を完成させた。折り帖の表紙裏には謝意を込めてこう書いた。

「帖の表紙の布は鶴見和子先生にいただいた　もとお着物です
先生ご愛用の芭蕉布です
先生はわたくしの書作品を見て、
あなたとわたしは魂がつながっているのね、とおっしゃいました
先生との魂の交感を地上にも　とどめんとして」

6 感謝——防ぎ矢……………………九月

IVH——「まだまだ書にしたいものが」

『鶴見和子　短歌六十選』を完成し、すぐに『子守唄曼陀羅』に取りかかった。毎日吐く。胃はほとんど癌細胞に占拠されたようである。

往診の医師は、シズコさんが渾身の思いで書作に向かっていることを知っている。

「あれは、シズコさんの作品ですね」

ベッド・サイドに書軸を掛けている。寝ていても眼をやれば見ることのできる位置に、季節にあわせ、気分にあわせ、わたしはシズコさんの作品を架けた。あとどれだけの作品を自身で見ることができるのか。医師は往診の度に書軸に注目する。

「〈さねさし相武《さがむ》の小野に燃ゆる火の〉、次の字は何と読むのですか？」

「〈火中《ほなか》に立ちて問ひし君はも〉。古事記の弟 橘 比売《おとたちばなひめ》のお歌です。燃えさかる火の中で、わたしのことを想い、安否を問うてくださったあなたよ、と詠う愛の絶唱です。美智子皇后さまが御講演のなかで引用なさったのをお聞き申し上げましたとき、身が震えるほどに感動いたしました。その思いを込めて書きました。倭 建 命《やまとたけるのみこと》が相模（相武）の野で火攻めにされたときのことをふまえて詠われた、というものです」

「火中という字の歪みが、何とも言えず、いいですね」

「うれしいわ、そう仰っていただいて。先生は感性が鋭くていらっしゃる」

シズコさんは冗舌に話し始める。

「わたしは古典のことばを、現代のかな文字で書きたいのです。王朝仮名の散らし書きはとても美しいですが、現代に生きる書を追求したいと考えています。自分たちは今現在を生きている、その生命感を書にしたいのです。〈君はも〉の〈君〉の字の第四画「ノ」が長いでしょ。書いているときは意識しませんでしたが、叫びがあるのです。あの紙面から、〈あなたー〉という愛の叫びが、聞こえてくるでしょ」

シズコさんは布団から腕を出し、頭の上で宙に揮毫する。身体は頭の中で生き生きと動いている。

この医師は患者が大事にしていることを尊重する。一緒に来るK看護師も明るく共感する。

「今週は何を書かれましたか?」

わたしは座卓に書きかけの折り帖を取りに行き、その数頁を見せる。

「第三巻目ですね」

「まだまだ書にしたいものが残っています」

暑さの中にも秋の訪れを感じさせる頃、シズコさんは毎日、必死の思いで折り帖に向かった。一、二時間書けば、体力は限界に達する。ベッドに休む。しばしば吐き、汗しとどになる。食は過激に少ない。

八月二十五日、筆を執り始めて十日目
医師は往診の最後にこんな提案をした。
「IVH高栄養点滴というものがあります。今シズコさんは、口からの食物で栄養摂取するこ

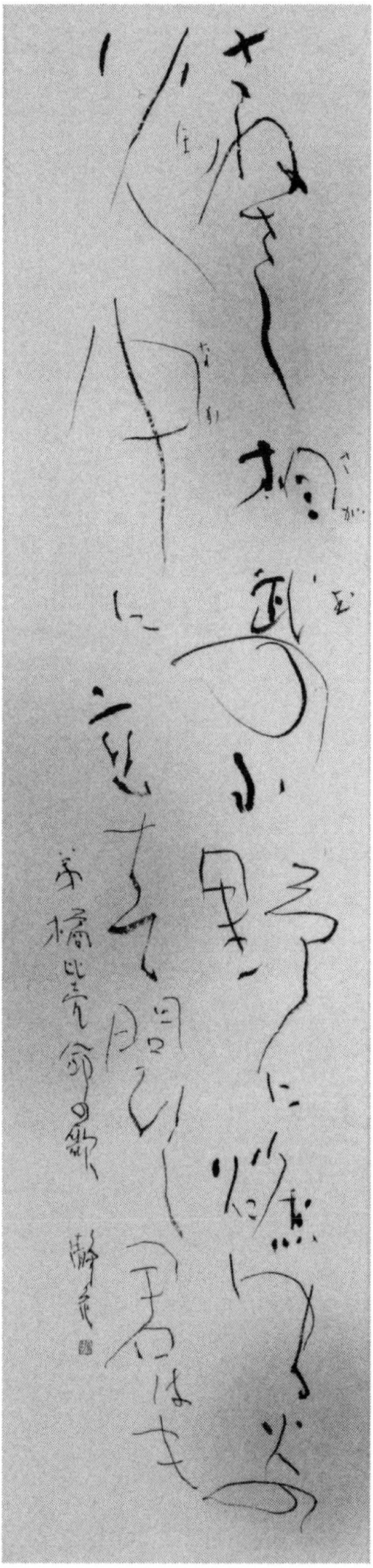
弟橘比売命の歌

とが難しくなっています。現在使用している腕の静脈からの点滴では十分な栄養と水分を補給することができません。吐くのは、おそらく胃がふさがってきて内容物を小腸に送ることができなくなっているからです。体力消耗もはげしい。中心静脈からのＩＶＨ高栄養点滴に切り替えたいと考えますが、いかがでしょう」

すぐに是とは言えなかった。わたしにはもう、医療に対する拒否感がある。往診はただ、病状の推移を見守り、緩和する医療に徹している。痛みやだるさの緩和と栄養・水分管理である。その指示のもと、訪問看護師が静脈点滴に来る。

「胸の皮膚の下に点滴の針刺し用ポートをつくれば、家の人でも衛生管理が容易です。ポート作りに一週間ほど入院が必要になりますが、その後は、点滴装置をつけたまま歩くこともできます。書を書くこともできます。なんら問題はありません」

迷った。返答を留保した。バイパス手術の一件以来、手術への不信感は拭い去れない。医療行為は最少にして、極力、自然に任せる。医療行為についての選択は、充分納得したうえとする、決断をあわてない。そう決意していた。

病発覚以来、何をするのも、選択するのも、いつもシズコさんと一緒に考えてきた。

「どうする？」

「あなたに、任せる」

シズコさんは、これまでもわたしに任せると言ってきたが、そういう時のことばの微妙な色合いに、シズコさん自身がどう思っているかがにじみでていた。今回は違った。自分とは関係のない埒外にある出来事に対する、そんな応答だ。シズコさんはもはや、書作することにだけ集中している。書作を仕上げることに全力を使っている。ほかに心をめぐらせる心身の余裕はない。時間の余裕も、ない。

「おまえに自分のすべてを、病も、その対処も、生活も、すべて委ねる」

病発覚の初めにシズコさんはこう言ったが、まさしく今、掛け値なしの重みで迫り来る。シズコさんが他の誰でもない主体として最期の日々を歩む。そのために、どちらを選ぶのがよいのか。シズコさんの代理人として、わたしは今度こそ的確な決断をしたい。しなければならない。

クリニックの医師に相談した。彼はわずかな検査のみで最初にもっとも正しい診断を下した人である。わたしのなかで信頼が芽生えている。

「自然に任せなさい。患者が余分な苦しみを受けるだけです」

自然に任せたい。わたしもそう思う。だからこそ、ためらう。導入は止めよう、と決断を留保し一週間日延べしているうちに、飲めず食べられずのシズコさんは、みるみる衰弱していった。

往診の医師は言う。

「静脈の点滴だけでは、栄養ばかりか水分補給が間に合いません」

決断をさらに日延べしたその夜、シズコさんはとても苦しんだ。翌日の夜も苦しんだ。真夜中に背中をさすり続ける。が、苦しさは晴れない。このままでは、気力があり意識明晰なまま餓死するのを、手をこまぬいて黙って見ていることになる。志果たさぬまま餓死するのを、見過ごすのか。自然に任せる、とはどうすることなのか。そもそも「自然」とは、どのようなことなのか。薬を飲むのも人為ではないのか。どこまでを人為と言い、どれを「自然」と言うのか。

修験者の先生に尋ねる。

「(導入口をつくるため)傷つけるのは、かわいそうや」

K看護師に問う。共感力のある人だと思っているから。

「普通の人だったら勧めないのだろうけど……」

医師と一緒に往診に訪れるこの看護師は、シズコさんが書作の完成に体力気力の限りを尽くしているのを知っている。医師がそれを考慮し、IVHを勧めているのもわかっている。彼女は明言を避けた。

折しも、ホスピスから電話が入った。部屋が空いたので入院できる、と。申し込みから一カ月、思いがけず早い。入所の話を措いて、先にＩＶＨのことを相談した。

「終末期医療の専門的見地から、どのように判断されますか？」

ホスピスの看護師は、真っ先にこう尋ねた。

「動けますか？」

わたしの眼の前には、座卓の前に座り、折り帖に向かって筆を立てているシズコさんの姿がある。

「部屋の中なら……」

「動けるなら、当病棟でも導入します」

そうなんだ、緩和医療の専門病院でも、動ける人には導入するのだ。シズコさんが必死になっている書作のために、ＩＶＨを導入しよう。そうして、家に居て、書作する。ホスピス入所は先送りする。順番待ちの名簿に再び入れてもらうことにした。

ポート――「戯れも、真剣に」

ＩＶＨ導入の提案から十日目　九月六日

ポートづくりの入院となった。多くの人の意見を聞き、時間をかけて慎重に決めたつもりである。シズコさんの明晰な意識と快活な意欲は、先に劣るところがない。手術は簡単ながら順調に終わり、またこの機会に初めて腹水を抜いた。一五〇〇cc。腹膜播種が進行しているという。

この機会に、美容師に病院まで来てもらい、ヘヤーカットをする。シズコさんは白髪の短髪。パーマをしたり染めたりは何十年としていない。自然なまま、これが何につけてもシズコさんのポリシーだ。白髪に光がある。

「子どものような髪型。でも、これがいいのよ。ブラシ一つで形を整えられる。ずっとあなたにお任せして、ほんとにありがたいわね」

孫ほどの年齢の美容師と明るく話を交わし、一時間ほどをシズコさんは終始饒舌だった。美容師は言う。

「以前と比べとても痩せられましたが、いろいろお話を伺い、僕の方がかえって元気をいただき、とても励まされました」

九月十二日

一週間の入院を経て退院。医師は小声でわたしに告げた。

「左脇腹のかたまりが一段と大きくなっています。退院しても、家にいられるのは一週間か十日かもしれません」

死期は間近に迫っている、と伝えようとしている。

ＩＶＨ点滴は快調だった。水分、栄養ともに十分に、体に負担なく補われるためだろう。体調は安定した。シズコさんは、しばらく書けなかった折り帖の書作を再開し、チューブをつないだまま座卓に向かった。書作ははかどった。

わたしの方は、ＩＶＨの管理に心を砕いた。シズコさんの入院中に看護師から手ほどきを受け、針刺しとチューブの装着法など、一人で正確にできるよう何度も練習した。チューブに空気を入れないようにすること、針の衛生管理、輸液パックの交換と時間管理、速度管理など、注意すべきことはいっぱいあった。それでも、それらのこまごましたことをわたしの方が気をつけてさえいれば、腕からの点滴よりずっと利便性に富んでいる。腕からの点滴は、素人がほどこすことは許されていない。水分量も栄養も十分には補給できない。点滴中は安静のために横臥していなければならず、長時間を無為に過ごさねばならない。それに対し、ＩＶＨは優れものだった。素人のわたしがほどこすことができる。水分、栄養ともに十分に補える。点滴中も動くことができる。

十日ばかりしたころ、これまでの快調に陰りが差した。医師の示唆したとおり、九月末には最期が来るのだろうか。シズコさんは座っていることが難しくなった。お腹が重い。日に日に重い。癌細胞がいよいよ大きな鉛の玉となって居座っているらしい。ベッドを離れるのが難しい。何もできず、日が過ぎていく。それでもシズコさんは気力を振り絞った。

「書く!」

ベッドから立つのを支える。座卓の前に座る。墨を磨る。水はシズコさんのふるさとの山から湧き出る名水である。墨は水によって発色が異なる。微妙にして繊細だ。十数分、墨を磨る。その間に、シズコさんの背筋は伸びる。端然と細筆を動かす。一時間ばかりも書くと、ベッドに戻る体力は残っていない。肩を貸しても立つ余力なく、這ってベッドに戻る。

九月三十日

折り帖『子守唄曼陀羅』書作集を完成させた。IVHの点滴チューブをつけながら、ひと月弱を書作に没頭した。没頭できた。書き上げたのは、医師から託宣された「三カ月」の終わる五日前だった。当初計画とは異なる最縮小版ながら、託宣された余命期間のうちにどうしても書き上げる、とシズコさんは高らかに意志し、粛々と実行した。

自らの詩文十五篇、折り帖全五巻、ページ数にして八十頁。

「平成十七年（二〇〇五）九月三十日　篠田瀞花」

最後の頁に恭しくしたため、筆を措いた。

「自分の書活動は人からすれば何の役にも立たない。わたしがこんなにこだわることを人は笑うだろう。ただ、宇宙から見れば、人間は塵のように小さな存在。歴史から見れば、自分のやってきたことは、いわば戯れ。でも、その戯れみたいなことを真剣にやることのなかに、真実がある」

（九月十九日　シズコさんのメモ書き）

黒リボン――「ありがとう」

折り帖を書き終えた翌日、十月一日

「今日はどうしても、半切を書く。紙を用意してちょうだい」

「どうするの？」

「秋の展覧会に出品する作品を書く」

「この秋の書展に出品しようとしていたのは『吾亦紅《われもこう》』の歌だったよね。〈人を瞬《またた》かすほどの歌なく秋の来て　痩吾亦紅それでも咲くか〉（齋藤史）」

一瞬の間があった。

「〈ありがとう〉を書く」

かねてシズコさんは言っていた。「ありがとう、と言って死にたい」と。シズコさんは死を想っている。

わたしはシズコさんの死を、いつのまにか彼方に追いやっていた。毎日のように、筆を持っている姿を目の前にし、それが強靭な精神力の賜物であることを見過ごしていた。シズコさんは「秋が来て」も「それでも咲」いている、といつのまにか思うようになっていた。だから、これからも「咲」く歌を、必死に生きようとする歌を書くもの、とわたしは思っていた。

書展は秋十一月。余命三カ月の最終日を二カ月ほども越えている。

シズコさんは思う。作品「ありがとう」を出品する。審査員として十年目の書展、そのとき自分はこの世にいない、と。

条幅用の半切紙はヨコ三五、タテ一三六センチ大の紙である。シズコさんは、たいてい立って書く。だが、ベッドから立ちあがることさえ困難なとき、立って身体を保っていられるのかどうか。それでもわたしは、シズコさんの指示するままに、座卓を部屋の端にやり、畳の上に書作のための毛氈《もうせん》を敷いた。

「紙はどれを？」

「墨は？」

わたしは、指示どおりに準備する。

「筆はどれを使う？」

「毛先八センチくらいのものがあるはず。筆立ての筆を全部持ってきてちょうだい」

「どの墨を磨ったらいい？」

「磨り具合を見せてちょうだいね」

準備万端整えたところで、わたしはシズコさんがベッドから這い出るのを支える。肩を貸し、毛氈までの数歩を身体を支えて連れて行く。

シズコさんは毛氈の上に立つ。愛用の超長鋒の筆を持ち、じっと紙を見つめる。一瞬の真空の間合い。そして筆が紙に突っ込んだ。「あ」第一画、腕から筆へと一直線、筆尖は紙に垂直に入る。入射するや、風が吹きすぎるように軽く、その勢いのまま第二画、そして第三画曲線が右へ向かう転換点に至るや、筆先すばやく方向転換。墨量多い太線は全身の力を秘めて紙の中に食い込む。食い込むや、筆先は一気に立ち上がり、超長鋒の筆尖張りつめた細線となる。腕と筆は紙に対して垂直に一メートルばかり、筆は腕の延長、境目がない。そして静かに細線「り」へ、一瞬の間を経て、息をひそめるように「が」、そして「と」第一画。紙を彫るように太く強く、第二画、なめるように優しく、深く沈んで舞い上がり、思いを繋いで「う」に入る。そうして第二画最後の先端まで、ゆっくりと思いを残す。

「ありがとう」

くずおれた。わたしはシズコさんをベッドに運ぶ。もう一枚書きたそうだった。横たわったベッドから、今書いたばかりの半切紙が見える。薄墨「ありがとう」が、紙の上から飛び出すように銀色に輝いている。

「展覧会場で名前に黒リボンがついていないと、〈ありがとう〉は似合わないね」

ベッドの中で、シズコさんはにこやかに笑いながら言った。

準備――「旅立ちの装束は浄衣を」

書作を終えて三日後、座卓に座る体力を得て、シズコさんは遺書を書いた。病発覚直後に公正証書は準備したが、証書は法律的行為に関わることだけを明瞭かつ即物的に記述するものだった。あふれる心情を書き加えたい。子どもたちとこれからを生きる一族の幸いを祈り、万年筆を持った。これにて、どうしてもヤルと心に決したこと、書作と遺書とを書き終えた。十月四日、ピタリと「余命三カ月」の最終日である。死が、医者の予測どおりに、早くも遅くもなくやって来ると思っていたかのように、一日の狂いもなく、人生の幕を引く仕事を万端整えた。

翌日、十月五日

「自分の旅立ちの装束だけどね……」

「うん」

「ずっと前から決めているの。お遍路さんの浄衣を着せてください。四国遍路したときのもの。お仏壇の棚にしまってあるの。杖も足袋《たび》もそろえてあるから」

シズコさんは十年ほど前、数回に分けて四国遍路をなしとげた。父親代わりの祖父（わたしの曾祖父）が四国巡礼をこの上なくありがたがっていたのを、わたしは幼いときながらよく覚えている。シズコさんはおそらく、祖父の跡を辿ろうとして巡礼したのだろう。

「わかった。……わたしの喪服はシズコさんの家においてあるんだっけ？」

「そう、タンスの中にしまってある。襦袢《じゅばん》もそろえておいてある。……長男の嫁には、必ず着物を着るように、と言ってちょうだい」

「わかった。心配しないで」

「通夜は身内だけで、せいぜいお弟子を加えるだけにしてちょうだい」

「わたしもそう思っている。しめやかにやりたいね」

「連絡は、住所録のノートを見てほしい。友人、知人、親戚、書関係、歌関係など分類してあるから、よくわかるはず」

ひとしきり葬儀の段取りについて話した。

寄託——死者の尊厳

人は死ぬとどうなるのだろう。まったくの無なのか有なのか。有と考える場合は、個人性を保って「復活」すると捉える場合と、「輪廻転生」して「わたし」という個人性から離れるとする二者がある。「転生」にもいろいろあり、人間は人間に、動物は動物に、とその種別の範囲内だとするものもあれば、この宇宙の、風にも雨にも、あらゆるものに転生する、と捉える考え方もある。神仏習合を基底にもつ日本の場合は、こちらの考え方をする人が多いだろう。また、人間は人間でも出身階層は変わらない、と限定的な転生と考えるものもある。たとえばインドのカースト上のダリットと呼ばれる不可触民は転生したときもダリットとしてのみ生まれかわる、とする。

死後はいったいどうなるのか。古今東西の誰もがいろいろに考えてきた。「あれかこれか」の考え方からすれば二通り。「わたし」が復活するのか、「わたし」は完全に消滅するのか、である。「あれもこれも」と考えれば、種の内なのか階層内なのか、細かい分類内なのかは別にして、ともかく何かしらに転生する、となる。「あれでもない　これでもない」と考えるならば、「わたし」は「わたし」としてどこかで復活するのでもなく、消滅してまったくの無になるのでもなく、どこかで何か別の存在に転生するというのでもない、と考えることになる。

要は、人間は死んだらどうなるかわからない。わからないから、「こうなる」と自分が思えばよい、ということになる。この三番目の考え方が、事実にもっとも即しているのだろう。ただし、思えばよい、と言っても、生きているときの思いを、死後に自身でプロデュースすることはできない。この世についていては、死者は死後のありようをプロデュースできない。思いは生者に委ねるほかはない。生者は、死者の思ったとおり、委ねたとおりに行動するとは限らない。この世にあっては、死者は生者に対して圧倒的に弱い。絶対的な弱者とは死者である。

強者たるものは弱者にどのように対するのか。人間の倫理は本来、弱肉強食ではない。強者は弱者を思いやる。その究極の例が、死者を尊重する行動である。死者の尊重とは、その人の意思を、生前の意思を尊重することである。強者である生者が自分の利便に合わせることは、弱者を踏みにじることである。わたしたちの伝統は、たたりといった言説で、また祀りごとで、究極の弱者保護、人権尊重の精神を教えてきた。

死者もまた、弱者として保護されることを主張し続けるばかりではない。日本の仏教では、死後三十三年から五十年で個人性を失うとされる。死者が個人性を離れて先祖という者になるとは、死者の生者への思いやり、というものではないのか。

彼岸については、有るのか無いのか、さえわからない。有ると思えば有る。無いと思えば無い。わからない。わからないからわからないことに謙虚になる。この世においては、人は他者によって生かされている。生きているときさえそうならばなおさら、死者はこの世においては生者によって生かされる。死者をこの世に生かすも殺すも生者次第である。死者はこの地上においてプロデュースできない。

キリスト教では永劫に個人性を失わないらしい。ただし、他者が死者の個人性を認めようが認めまいが、忘れようが踏みにじろうが、他者の視点からではなく、第一人称「わたし」の側の問題である。「わたし」が復活すると思えば、そうなる。思えば思ったようになる、と思えば、思ったようになる、と思えば……と永劫に循環する。徹頭徹尾、他者の問題ではないらしい。

日本の伝統は第二人称の思想だ。究極の弱者である死者を、強者としての生者が思う。シズコさんは無力な母親を、老いた祖父母を、未熟な子どもたちを思い、夫を立て、徹頭徹尾、他者のことを真っ先に思う第二人称を生きてきた。その一方で、第一人称を生きる。死は徹底して第一人称の出来事でありながら、それでいて第一人称・当事者から離れる。当事者はもはや何事の采配も手出しもできない。それでも、いまだその肉体を地上に残している以上、それがカラダ、「空の殻だ」としても、自分の肉体の殻であれば、自分としての最後のプロデュースをお願いしておきたい、とシズコさんは思う。

死者の尊厳をあらしめることは、ひとえに生者に託される。

Ⅱ

生を怖れず——passive 受容

7　衰弱――受容……………………………………十月

欠席――「しみじみ生がいとおしい」

「余命三カ月」を越えて二日目　十月六日

「なんとか仕上げることができました。余命三カ月と言われて、三カ月が終わる日を目途に、これだけはどうしても書き上げる、と思って書いてまいりました。自分は、死をプロデュースしようと思い、心に決めたとおり仕上げました」

しばらくの間があった。シズコさんは往診の医師に語る。

「でも、それは、自分がプロデュースしたのではなく、すべてはみなさんのおかげでした。だんだん身体の状態が悪くなり、日に日に体調が落ちていく。心に決めたとおりにできない。できないようになっていくもどかしさのなか、みなさんがわたしの気持ちを汲んでくださって、わたしがしたいと思っていることを実現させてやろうと、心を尽くしてくださる。自分がプロデュースするなんて、おこがましい。すべてはみなさんのおかげです。ありがとうございました」

起き上がるさえ難しく、身体を起こして座っているのはさらに困難を極め、筆を立てている力もない。重篤の身にしてなぜ無理をするのか。周囲の人々に迷惑をかけるだけではないか、と批判的に捉える人もあるだろう。ただ折り帖『六十選』と『曼陀羅』書作は、これまでの自分を鼓舞し、育て、寄り添ってくれた人々やその出来事のすべてに、感謝を捧げることだった。そのためにできることは、シズコさんにとって唯ひとつ、書作することである。この世を去る淋しさをかこつより、美しく舞い納める。

為すべきは為したとの自足の思いに、シズコさんは数日ベッドに貼りついて臥せった。否、何ごとかを為し得る肉体は残っていない。これまでの集中と緊張で、肉体の力は使い果たされている。従容として死を待つ。「余命三カ月」を越えた翌日から連日、一度に数回ずつ吐いた。ヘトヘトになった。胃は癌細胞に占拠され、腹膜もまた占拠されたようである。腹水がたまる。下腹部はいよいよ重く固く、トイレに立つことさえ困難になってきた。

リンゴがおいしい季節になった。シズコさんは、毎朝リンゴ二分の一のしぼり汁を飲む。一日に口にするのはそれだけ。飲めず食べられずの状況はいよいよ進み、水分も栄養も高栄養点滴ＩＶＨにすべてを頼るようになった。数日に一回ほど、シズコさんは小さなあられ一個をほおばる。わずかな歯触りと食感から、親しんできたお米としょうゆの味わいをよみがえらせる。時折、わたしが葡萄や梨を食べる時、その一粒、一かけを口にする。口の中に季節感が広がる。

「ああ、おいしい」

それでもシズコさんにとって、ＱＯＬは食べることにはない。自分が自分であることを生きること、そのような活動をすること、できること、である。一粒の葡萄すら食べられなくとも、身体は餓えない。意思のままに活動しえないとき、心が餓える。自分らしい自分ではない自分を生きながらえることは、苦しい。

これまでは筆を執って人生最後の書作に向かっていた。当初計画からすれば、内容も形態も最縮小版ではある。それでも「自分がなすべき」と意思したことを、自らの身体でやり遂げた。自分の人生を自分が生きた。よかった、楽しかった。死はいつ訪れてもよい。シズコさんは潔く死を待つ構えである。

わたしの方は、シズコさんの過激な衰弱のさまに、書作を為し遂げる前に死が追いついてしまうのではないか、と怖れた。シズコさんは、「三カ月」という託宣の最終日まで活動できると思っているように見えた。わたしの方は、活動時間を考えれば二カ月もいただけないだろうとハラハラした。思いのとおり「死のプロデュース」をやり遂げるまで、生き延びさせてやってほしい、と大いなるものに祈った。往診の医師がＩＶＨを勧めたのは、シズコさん本人の意欲と見守るわたしの願いを受け止め、心を砕いたからだったろう。おかげでシズコさんは、人生という舞台の幕をきっちりときれいに下ろすべく励むことができた。そしてやり遂げた。

だが、幕を下ろしてなお、生きている。わたしの方は、シズコさんが目を開けてわたしを見つめ、一緒に窓外の緑を愛《め》で、他愛のない話しをする、それだけで十分にありがたいこと、と素朴に感謝した。シズコさんの方は単純ではなかった。死んでいない以上、生きている。生きている以上、善く・良く生きる。自分らしい意義ある生を送る。そのためにどうすればいいか。自分の役割は何なのか。今まだ生きているのは、終幕後に与えられたアンコールともいうべき時間である。舞台上にいる以上、幕が下りきるまでしっかりと自分の役割をつとめる。それは何か。書展の審査会に出席すること、とシズコさんは考えた。

審査会は展覧会の一カ月前、秋十月末。三週間後である。今や、貼りついて臥せっているベッドの病床六尺が、世界のすべてになろうとしている。筆を持つことは、ほとんど不可能に近い。審査会は後進を育てる仕事、今生の最後の仕事として、自分にふさわしい。審査員として十年、書人として遅い出発をした自分を内から支えてきた場である。審査会に出席する、と。

とはいえ、衰弱はげしく、極限の力を出して車椅子に乗り換えるのがようやくである。

「昨日、腹水を抜いてもらって、今日は東京の審査会へ行けるかと思うほどラク。だけどトイレに立つと、病の容易ならざる現実が認知せられる」（十月四日　シズコさんの手帳メモ）

「しみじみいのちが欲しいと思い、慟哭。土、日と吐く。しみじみ生をいとおしいと思う。強気一点張りでいるのはウソかもしれない」（十月九日　シズコさんの手帳メモ）

終日、ベッドから窓外を眺める。萩、女郎花《おみなえし》、ススキなど、秋草は勢いを得て茂り、にぎわいを見せ始めた。少し高台にある家の窓からは、庭の植え込みの緑とともに、大空を背景にして小さな里山が見える。ブラインドも障子も開け放し、日々刻々変化する自然のさまを眺め、花や緑葉の匂い、風に揺れる木々の感触を受けとめる。

陽暦と陰暦の日が一致した十三夜月　十月十三日

室内の電灯を消すと、外がハッとするほど明るい。透明な月の光が家の内に射し込む。ベランダに出てみる。澄んだ空気のなか、青白い空にこれから満ちることを待つかすかに欠けた十三夜月が輝いている。美しい。シズコさんを誘った。車椅子に乗せてベランダに出る。空はどこまでも青白く、清明な月がくっきりと姿を見せている。ひんやりとした夜の大気をぬって、遥かの彼方から、月明かりがわたしたち二人をまっすぐに照らし出す。やわらかな明るみと静けさのなか、月の優しい光のなかに包まれて、わたしたちはただ黙って寄り添いたたずんだ。二人のほかには誰もいない。月ははるかの彼方にありながら、わたしの意識の中で、月はすぐ隣で車椅子に座っているシズコさんだった。

数日後

体調はすこぶる悪い。眠ることもできない苦しさのよう。これまでどんな見舞い客も断らなかったシズコさんが、初めて断った。

翌日。

夜中についで、朝もまた吐く。薬も飲めない。病院に行く。腹水を抜く。二五〇〇cc

翌々日。

顔色に血の気が戻ってきたが、死顔とはこのようかしら、とわたしはドキリとする。医師に尋ねると、羸痩《るいそう》と言うのだそうだ。痩せて骨ばかりの顔。つい数日前までは、口吻爽やかなシズコさんの話しぶりに見舞客は半ば錯覚し、お愛想ながらも「お顔がピンクで、病人には見えないわ」などと言ったが、ここ数日の過激な体調の下降は、脂肪組織の消失をもたらす極度の痩せ、羸痩をもたらしたようだ。両の眼ばかりが目立つ。体調は筆を執っていた頃の状態に戻ることはなく、一段と下がった。

「末期です。確実に癌が進行している、と思われます。吐血、下血のときはただちに入院してください」

往診の医師は、死は目の前だ、と伝えようとしている。医師がわたしに、シズコさんの最期を受け容れる心の準備を促したのは、八月末、九月末についで三度目である。看護師はシズコさんの生命力に感じ入っている。十月末が最期になるのだろうか。

医師が聴診器を忘れていった。わたしは自分の鼓動を聴いてみる。大きな音が規則正しく聞こえる。シズコさんの胸に当ててみる。音の聞こえるところが探せない。やっと見つけた。呼吸のゼイゼイする音で心音がほとんど聞き取れない。かすかに命脈を保っている、というところなのか。シズコさんは断続的に一時間ずつ眠る。眠る力も極少なのだ。

「終わりは刻々と近づいてくる」

（十月二十一日　シズコさんの手帳メモ）

木枯らしのような風の吹く日　十月二十二日

シズコさんはベッドの上で久しぶりに読書した。一時間ほどでぐったり疲れたようす。読書なら何時間でもできる人だったのに。

審査会の出席は絶望的に無理、と思われる日々である。それでもわたしは、シズコさんの生きる意欲を削ぎたくない一心で、審査会出席の準備をした。移動に寝台タクシーを手配する。移動はそれでよしとしても、審査の間が保てるかどうか。お腹を折って長い時間椅子に座っていることは困難。リクライニング付き車椅子を用意する。もちろんわたしが付き添う。ホテルはツインを予約した。

それでも、大きな鉛の塊を抱えているような病状で、果たして審査の仕事を遂行できるのだろうか。どれほどの支援があろうとも、自らの肉体の力が伴わずしてはできないだろう。シズコさんは書作の計画を「死のプロデュース」と名づけていたが、正確には「死に向かう生のプロデュース」である。如何に生きるかをプロデュースする「生のプロデュース」である。終幕とはいえ、幕を下ろすまでの生をどのようにするか、どのようなことを為すか、をプロデュースしたのである。死をプロデュースするとすれば、それは自死となる。いかなるときも、死を間近にしたときさえ、いのちある時間を如何に過ごすかは「生のプロデュース」である。

思えば、わたしたちは生まれた時から「死に向かう生」を生きている。とはいえ、意思とそれを実現する肉体あってこそ、である。精神と肉体、と分けて捉えることはできない。人間は心身一如だ。自分の意思を実行する肉体なしに「生きること」ができるのか。生物としての生命の繰り延べを越えた意思する生、「何者」としての生を送ることができるのか。わたしは心配と懸念を心の内にとどめながらも、審査会出席の準備を進めた。ひとえに、シズコさんに生きることの希望を掲げたままにしておきたかったのである。

審査会始まりの日　十月二十三日

ついに出席を断念する。否、断念せざるをえなかった。シズコさんは書作をやり遂げて以来三週間、ひったりと終日、ベッドに横たわっている。

「今日は上京の日のはずだった。淋しく悲しい。これを乗り越えるにはどうすればよいのか」

（十月二十三日　シズコさんの手帳メモ）

三日後、審査会最終日

この書展は、最終審査が公開で行われる。お弟子の三人が、師匠が審査に出席できなかった無念の代わりに、と審査会傍聴に出かけた。

「三人は今、東京駅に着きました」

「公開審査会場に到着！」

刻々とケイタイ・メールで実況中継してくる。

「最終審査の十四作品に、（社中の）Oさんの作品が残っています。万歳！」

「三賞には入らないもよう、グッスン」

「あっ、審査員のY先生がOさんの作品を高く評価しました」

「M先生も誉めています」

「審査会の流れが変わってきました」

「先生、先生、Oさんの作品が三賞に入りました。漢字仮名交じり部門のトップです。文科大臣賞です！　やったー、おめでとう！」

「先生、先生、Kさんが特別賞に推挙です。審査会員昇進です！　よかった、よかった、跡継ぎができました！」

わたしはシズコさんのベッド・サイドに座り、メールを刻々受け、そのたびに声に出して読み、代理でまた返信した。

「なんという幸せ!!　これでわたしも漢字仮名交じり部門の第一人者になれた自負あり。ああ、もう三年、いのちがほしい!!」

（十月二十五日　シズコさんの手帳メモ）

シズコさんの前半生は家庭に、後半生は書活動に力注いできた。といって、それで何ができたというわけではない。わたしたち子どもを授かり、育て、成人させた。孫たちも、平穏な生活を導いている。とはいえ、それはそれである。恃《たの》む思いがないわけではないが、自分が采配できるところではない。彼らは彼らの人生であり、自分の人生というものの範疇を超えている。書作もまた、自分なりに弟子たちを育て、次代の人たちにわずかながらも貢献できた、との自負はある。だが、彼らの人生は彼らのものである。それなら、自分はこれまでに納得のいく作品が一つでも書けたのか、と言えば、そうは言えない。試みるべきこと、試みたいことの限りない課題は手つかずに残っている。アトリエには山と積まれた万反の紙が、書かれることを待っている。自負に値する作品、それがあったにせよ、ないにせよ、これから自分はもう筆を持つことはない。自分の人生を「前へ」と投げかけていくことは、もう、できない。

それでも二日ばかりは、朗報のおかげで、シズコさんは体調よく過ごした。吐くことも苦しむこともなかった。が、起き上がることはできない。

代理活動——「今日もこうして」

夜の空気はいつのまにか秋から冬になろうとしている。何もせず、何もできずにいのちを長らえている。ＩＶＨ点滴は、十五時間稼働から二十四時間稼働に切り替わった。外部からの異物の侵入は、たとえ生命維持のための水分と栄養ではあっても、体に負担がかかる。ゆるやかな適応状態をつくりだすため、速度を緩めゆったりとしたペースで点滴することになった。もちろん自力で栄養補給する力はまったくない。病状は一段と厳しさを増している。常住、ベッドに横臥している。隣室の座卓に這い出て書作することができなくなって、一カ月が経つ。電動ベッドの頭部を上げ、時折本を読む。すぐに疲れ一時間もしないうちに休む。眼をつむってＣＤから音楽や朗読を聴く。強度の貧血が疑われた。胃内部の出血による、と医師は言う。

そのころ、わたしはシズコさんの書いた児童小説を校正していた。病発覚の折、わたしに託された原稿である。シズコさん自身の体験、ほんとうにあったことをもとにした小説『ぼく字すきやもん』、編集者が題をつけてくれた。障害を持つ一人の児童の成長と書の手ほどきを通して、書とは何か、それぞれの人間のその人らしい開花とは何か、を考えたものである。人間と書芸術と教育について、シズコさんなりの追究の痕が記されている。生きているうちに出版となるようにしてあげたい。わたしは懸命だった。出版はシズコさんの願いを実現することであり、シズコさんの「生のプロジェクト」である。それをわたしが支援しよう、と。

シズコさんに校正する体力は、もはやない。襖を開け放した部屋と部屋のあっちとこっち、体を少しずらせば、わたしはベッドのシズコさんを認めることができ、シズコさんもまた机の前に座って校正するわたしを充分に感じ取りながら、ベッドに横たわっている。わたしは校正の折々、物語の出来事をめぐって、そのときどのような思いだったのか、書教育をどのように展開したのか等々を尋ねに、ベッド・サイドに行き、腰を掛けてシズコさんに話を聞いた。シズコさんが子ども書道を教えていた頃、わたしは学生だったり初任の社会人だったり、と家を離れていた。その後実家近くに住まうようになってからも、わたしは自分の仕事と生活に手いっぱいで、書を習わなかったばかりか、シズコさんの書活動にほとんど立ち会っていない。

「この場面は、どんなふうだったの?」

「Mちゃんは、それからどうした?」

原稿をめぐってシズコさんの来し方を辿り、シズコさんの半生の一部を一緒に生き直した。一庶民の平凡に見える日々にも、苦難と慟哭と苦闘が潜んでいる。わたしは、六十歳を前に生きあぐねている。しかしシズコさんは、わたしとは比べものにならない困難な時代をかき分けて生きてきた。校正作業を通して、わたしはその来し方に学び、人生の先輩として、同志として、シズコさんを見つめはじめた。「痩吾亦紅それでも咲くか」（齋藤史）というシズコさんのひたすらな思いを現実のものにするよう、わたしは手を貸したいと思っていた。それでも、自身がその身をもって意思を実現する活動ができない以上、わたしのできることは、シズコさんの死に向かう「生のプロジェクト」を代行することである、と思った。

わたしは看護人そして秘書兼代理人としてシズコさんに寄り添い、医師の往診、訪問看護とヘルパーの訪問、子や孫夫婦そして友人知人の見舞い、弟子たちの来訪など人の出入りの対応をこなし、最少限にした学校の仕事を続け、その合間に校正に励んだ。

毎週決まった曜日に、Tさんが来る。シズコさんの学校時代からの七十年来の友である。わたしと同年ほどの娘さんがクルマで送迎し、Tさんを降ろすと、一時間ほどしてまた迎えに来る。ご自宅はクルマで片道一時間ばかりのところ、欠かさず毎週一回見舞いに来られた。

Tさんは学生時代にテニスの選手だったが、今では膝を悪くしていて、少し足を引きずりながらゆっくりと慎重に歩く。ベッド・サイドに腰を掛けると、シズコさんをじっと見つめる。

「今日もこうして、会えたねえ」

何を語るというのでもない。手を握り、見つめる。静かな友情を交わす。Tとは旧姓である。シズコさんはずっとその名で呼んでいる。十代の五年間を同じ寄宿舎に過ごし、同じクラスで一緒に協力し、互いに成績を競い合った。そうして、戦中戦後の激動の時代を、それぞれの困難を乗り越えて生きてきた。青春期から付かず離れず、折々会ってきた。

Tさんはお見舞いに手作りの品をいつも持参される。初めは、古布で編んだ草履《ぞうり》だった。「歩けるようになりますように」との祈りを込めていたのだろう。寡黙なTさんはそういうことを決して言わない。

「古い布がいっぱいあるでしょう。もったいないから、細い紐にしてそれで編むの。布やから、家の中で履くと気持ちがいいよ」

袋から取り出し、草履をシズコさんのベッド脇にそっと置く。シズコさんがこの草履を初めて履いたのは、結局、旅立ちの時だった。友の心を携えて、足取り強く歩いたにちがいない。

折々は、庭の花々、丹精の野菜、漬け物等々をご持参くださる。シズコさんが何も食べられないでいることはよくご存知だが、看病するわたしをねぎらって持ってきてくださる。手作りはわたしの心をも慰め、花々は病室を明るくした。

Tさんは、病状を尋ねない。「元気になれ」とも、「このようにしたらいい」とも、御託を並べない。静かに寄り添う。この一期一会を、しみじみと味わう。弱くなった友を弱さのままに受け容れる。シズコさんは持ち前の強がりから解放される。安心して、弱さのままにいる。Tさんが帰られた静けさのなか、シズコさんは言う。

「Tさんは、ガンバレ、と言わないから嬉しいね」

帰去来《かえりなんいざ》――「ここが、わたしの家」

十月二十八日

腹水抜きのために、往診医師のいる地域医療病院へ行く。九月に抜くようになって四回目だ。移動は困難を極める。シズコさんの体力は極少で、スクワットで鍛えた脚力も、栄養摂取の困難とお腹の鉛玉の著しい暴走に抗することができない。立ち上がる力をわずかに残しているものの、数秒たりとも立ち続けていられない。ベッドから車椅子への移動にたいへんな心配りと援助が要る。

電動ベッドの頭部を上げて、上半身を起こした姿勢になる。身体の向きを九十度回し、脚を床へ落とす。ベッドの端に腰掛けるように座る。それから、座っているシズコさんの対面にわたしが立ち、シズコさんを正面から抱くようにして支える。シズコさんはわたしの首につかまり、身を預ける。一緒に立ち上がる。その場で九十度転換し、ベッド脇に平行にして用意した車椅子に、そのまま垂直に腰を下ろす。くずおれないよう腰を支えつつ車椅子に乗せる。そうして、車椅子を押してクルマまで行く。こんどは、車椅子からクルマへの移動である。同じように、わたしの首につかまって一緒に立ち上がる。その場で方向転換しクルマの座席に座る。ベッドから車椅子へ、車椅子からクルマへ、クルマから車椅子へ、車椅子から病院のベッドへと、移動は困難を極める。

病院に着きベッドに横たわるや、シズコさんはいきなり嘔吐した。移動の負担が肉体の限界を越えたのだろう。弱くなった身体には、わずかな移動が大きな負担になる。腹水抜きが終わってしばらくベッドに休む。が、その間にまた嘔吐する。午後一時に病院に向かってから四時間が経つ。一向に体調は安定しない。帰途の移動でさらなる体力負担をかけるわけにはいかない。急遽、入院となった。クルマで二キロの距離が帰れない。

深夜二十三時、わたしはシズコさんを病院に残し、一人家に帰る。すぐに病室にしている部屋に行く。外出から帰った時のいつもの習慣だ。シズコさんはいない。部屋では花瓶に挿した小菊がひっそりと呼吸しているだけ、家の内は妙にガラーンとしている。人気がない。シズコさんはベッドに寝ているだけで家の中を歩き回ることはできなくなっているのに、それでも人ひとりが生きて呼吸している温かみ、うごめきが、家の内にはあったのだ。家はもはやわたし一人の家ではない。シズコさんとともにいる家である。

翌日、IVH点滴の終了を待って、夕方には退院して帰宅するつもりだった。IVH装置は専用にレンタルしている。入院となった昨日、わたしは自宅に機器と調合の輸液を取りに帰った。退院に際しては、また自宅に持ち帰る必要がある。帰宅準備のためそれら諸々の機器をクルマに運び、わたしは病室と駐車場を行ったり来たりしていた。その間に、シズコさんは二度吐いた。

「病院にもう一泊しようか?」

「帰る。どうしても、帰る」

シズコさんの体調を見計らいながらも、移動しても大丈夫、と思える状態にならない。時間はどんどん過ぎてゆく。夜の九時半。

「帰ります」

車椅子に乗ったシズコさんは、振り返ることなく、前を向いている。看護師がしきりに引き留める。

「明日の朝にしましょう」

「今、帰ります」

「それじゃ、退院じゃなく、外泊にしましょうね」

「否、退院です」

シズコさんの強い決意に促されて、夜十時も過ぎた真っ暗な道を、わたしたちは二人だけで家に帰った。月齢は下弦二十六夜月、明るみはなく真っ暗である。行きには移動を手伝ってくれたお弟子も、夜中のことさて、いない。家の前に着き、例によってわたしの首につかまり、シズコさんは車椅子に移る。地面から玄関まで、三段の石段がある。レンタルしている折り畳み式スロープを、わたしは急いで開き設置する。道路から玄関内へと、シズコさんを乗せた車椅子を押して、わたしはスイスイと家のなかに入る。

玄関フロアに車椅子が乗り入るや、シズコさんは大きく嘆息した。

「ああ、いい。自分の家に帰ってきた！　ここがわたしの家！」

「帰ってきたね。シズコさんと一緒にいる家だよ」

二人がいること、それがこの家の自然である。わたしの安心と喜びは、そこにあった。シズコさんは少し違った。

「あのまま病院にいたら、家に帰れないままになる、と怖かった。どうしても帰る、と思った」

腹水抜きの長い時間の最中、シズコさんは医師に尋ねていた。

「終焉はどのように訪れるのでしょう?」

「腹水とは関係がありませんよ。別の理由で……」

医師は、たまたま入った電話のため、言いさしにした。そのまま、思いがけず入院となって病棟の部屋に入ったとき、シズコさんは小さく呟いた。

「ここに戻ってこなければならない日が、ある」

病院は、シズコさんにとって、死を迎える場所、時を意味した。家は生。常住ベッドに臥していても、歩き回れなくとも、病ごとそれが自分の日常として生きる。家は生の空間である。だから、どうしても家に帰る、とシズコさんは緊張をみなぎらせていた。死が間近に迫っていることを自覚し受け容れながらも、たった今は生きている。だから、生の場所、生活の場である家に、どうしても帰る。帰らねばならない、と。

訪問看護師がこんなことを言ったことがある。数年来、不眠に苦しんでいたシズコさんがわたしの家に居住するようになってひと月ばかり経った夏の終わり頃だ。

「ここ一週間くらい前から、睡眠薬なしで眠れるようになりました」

「娘さんの家にいて、安心しなさったんやねえ」

ベテラン訪問看護師はやわらかな岐阜弁でそう返した。

自分の家に一人いるとき、それは解放であるとともに個が屹立する緊張に満ちたものだったのだろうか。賜わったいのちを懸命に生きる。自分がすべきことは自分がする。自分でできることは自分でする。人々とともにある役割と使命を十全に果たそうとしつつ、それゆえにまた、何者でもない自己一人の生の充実をはかろうと欲張った。ひとを甘えさせ包み込む温かさを持ちつつ、自分はひとに甘えない。シズコさんはひとり、厳しさを生きてきた。

わたしの家がシズコさんにとって弱さのままに安心できる場であり、そのようにして二年も三年も一緒に暮らす日々があればよい。はかない希いがわたしの頭をかすめる。

「ここはシズコさんと一緒にいる家だよ」

「いつ入院の時期がくるのかなあ?」

最期のときはいつなのか、とシズコさんは言っている。わたしはそのときを日延べしたくて明るく言う。

「今くらいの状態でいられるなら、この家に一緒にいようよ！」

「この家はわたしの終末のためにあったんだねえ。こんないい環境のなかで最期のときを過ごすことができるのは、ほんとうにありがたい。通夜はこの家でやってもらう」

シズコさんはもう、死のことばかり思っている。

転倒——「バターン」

十一月六日　真夜中
「バターン」

つんざくようなものすごい音で飛び起きた。わたしはいつもシズコさんの隣に床を敷いている。飛び起きるや、シズコさんがベッド脇のポータブル・トイレの脇に仰向けに倒れているのが目に入る。見るや、わたしはシズコさんを抱きかかえていた。

「シズコさん、シズコさーん」

眼は開いたまま、身体に力なく、何の反応もない。目蓋を閉じさせようとするが閉じない。

「シズコさーんシズコさーん」

わたしの心臓はドクンドクンと高鳴り、夢中で連呼していた。シズコさんが死んでしまう！　どうしたらいいのだ。左手でシズコさんを抱きかかえながら、右手でポケットのケイタイを探る。看病の日々になって以来、ケイタイは二十四時間いつもポケットに入れている。寝ているときももちろんだ。病院直通にセットしてあるワンタッチ・ボタンを押そうとする。が、指が震えて止まらない。小さなケイタイ機器のボードの上を大きく揺れてさまよう。あらぬところに指がふれ、あらぬ数字ばかりが表示される。指がさまよい、激しく震える。病院直通ボタンに指が止まらない。

五、六分経ったろうか、わたしには永遠ほどに長い時間だった。震えが止まらないままに、シズコさんが意識を取り戻した。はにかんだような笑みを見せた。

「ああ、よかった！」

全身の緊張が抜けた。と思うや、わたしは我に返った。フローリングの床は冷たく固い。シズコさんは床に激しく落ちて、頭だけでなく体のどこかを打っているだろう。このままでは打撲したところがいよいよ痛く、身が冷えてしまう。ベッドに戻さなくてはいけない。

秋も深まった夜中のこと。フローリングの床板の上に横たわっているシズコさんを抱きかかえようとするが、抱きかかえたまま立ち上がることは、わたしの脚力ではとうていできない。首につかまってもらうが、やはり、シズコさんを抱きかかえて立ち上がることはできない。工夫を重ねても、床面に横たわるシズコさんをベッドに運び上げることができない。早くしなければ体が冷えてしまう。そうこうしているうちに、気づいた。床に布団を敷き、シズコさんの身をゴロゴロと転がす。ようやく、ともかくは布団の上に移動させることができた。朝になったら、訪問看護師に来てもらおう。それまで、床の上の布団で辛抱してもらう。

転倒は、明らかな体調の陰りだった。数日前には昼間に起こった。同じくポータブル・トイレに立とうとしたときだった。このときは、はにかみ笑いで終わった。夜の転倒は、脳震盪を起こす激しいものだった。ベッドの真横に置いたポータブル・トイレに立とうとして起こった。ベッドにも手すりがあり、ポータブルにも手すりが付いている。それでも、体の向きをわずかに変える脚の力も、手すりにつかまって支える腕の力も、なくなっていた。

その昼間、トイレに立つのがすこぶる大変そうな様子に、わたしはおそるおそる提案した。

「パッド使ってみない?」

「あるの?」

「うん、昨日買って、用意してある」

「そう、じゃ、そうしてもらおうかな」

トイレに立つのも困難な肉体の限界に近づいている。パッドは、尊厳の根幹に触れる微妙なところがある。わたしは、ためらいと怖れに躊躇していた。その夜、怖れず使用を提案すればよかったのか。肉体の問題と精神の問題が別個に存在している。衰弱は加速度的だった。致命的な衰弱が進行していた。

ぬかるみ――「点滴、止めようかな」

深夜の転倒から二日目

ＩＶＨ点滴は二十四時間稼働、輸液パックは六時間ごとに付け換え、二、三日に一度衛生管理のため点滴針を取り替える。わたしはベッド・サイドに座り、いつものように針の取り換え作業を始めようとした。そのときである、シズコさんがためらいがちに言った。

「点滴入れるの、止めようかな」

「……生きていたくない？」

「そうじゃないけど……、自然にまかせたい」

「そう……」

「生きていても、希望がない……」

「……シズコさんの書いた本ができるよ。それを待つことは希望にならない？」

わたしは切なかった。

「自分でトイレに行けなくなったのは、つらい。トイレに立てば、行って帰ってくるだけで、半日ほどもぐったりしてしまう」

「そうだね」

わたしがしてあげられることは、何があるのだろう。

「苦しんで寝ているだけだから……」

「そう……」

わたしに何ができたろう。あのとき、わたしはどうすればよかったのか。シズコさんはＩＶＨ栄養点滴を止めて、粛々と生を終わらせよう、との願いがあっただろう。ＩＶＨの導入は、書作を成し遂げたいというシズコさんの願いを実現へと導くために、生への意志として、わたしも医師もその生の欲望を応援した。それなら、止めるという禁欲の願いを後押ししないとはどういうことか。シズコさんの苦しみを真に受けとめていなかった、ということなのか。果たして受けとめることができることなのか。

自分の意思を自分の肉体で遂行することができない。自分の身を自分で処することができない。自分の身は自分でありながら自分のものに為し得ない。生きながら死んでいる。「無為の生」をかかえて横たわっている苦しみは、如何ほどだろうか。

「日一日、体力筋力の衰えを実感。どうやってアクティブ・ライフを紡いでいくか」

（十一月一日　シズコさんの手帳メモ）

シズコさんには、自分の意思を実現へと推進する肉体が、もはやない。かといって、死を自分で決めることはできない。自己決定で為し得るものではないだろう。では、意思を実現していく肉体を失ったとき、人はどのようにして、自分らしい生を紡ぎ出していくのか。紡ぎ出していけるのか。意思を遂行する肉体がなければ、自らの生は紡ぎ出せない。ひたすらに受け身を生きる。受け身を生きて死を迎える。

『平家物語』の「木曾の最期」の章段が思われてならない。木曾殿は軍勢を失い、戦《いくさ》のできる状況にはない。もはや死ぬほかないならば、敵の手にかかるのではなく、自らが自らの死を生きてみせる、それが武士の誉《ほまれ》である、と唯一の随伴者今井四郎は木曾殿に進言する。

「あの松の中で御自害候へ」

「（その間）防ぎ矢つかうまつらむ」（防ぎ矢をいたしましょう）
今井の支援を受けて、木曾殿は自害のために松原へと向かう。が、途中ぬかるみにはまってしまう。ぬかるみを脱出しようともがいているうちに、敵の放つ弓矢に首を刺し貫かれ、名もなき郎党に首を取られる。
木曾殿は絶体絶命を潔く受け容れ、敵の手にかかる受け身の死ではなく、自ら主体的に死ぬ決意をした。自害という「死に向かう生のプロデュース」を、随伴者今井の助けを得て成し遂げようとする。ところが、道半ばにして「プロデュース」は中断の憂き目に遭い、無残な死を迎える。
シズコさんは木曾殿とは少し違うのかもしれない。木曾殿は「死に向かう生のプロデュース」としての自害にたどり着く前に、ぬかるみにはまって敵の手にかかって果てた。シズコさんは「死に向かう生のプロデュース」として最後と定めた書作を為し終えた。だが、そこで死とはならず、「ぬかるみ」にもがく生を生かされている。自らの足で大地を歩む生はない。木曾殿に華麗なる主体的な死が訪れなかったように、シズコさんもまた、主体的な生を終えたつもりだったが、華麗なる死は訪れない。木曾殿は、ぬかるみにはまって無念死した。シズコさんは、「ぬかるみ」にはまって無為の生を生かされている。両者ともに、思いどおりの死はこない。死とは、本来的に受け身なのだ。意志で何事も切り開く、とした人間は、傲慢の罪を受けるのか？

ＩＶＨは、「死に向かう生のプロデュース」としての書作を完遂することに寄与した。導入しなければ、為すすべなく「追っ手」に追いつかれ、「松原へ行く」前に受け身の死を迎えることになっただろう。ＩＶＨ点滴は、木曾殿にとっての防ぎ矢に等しい。ただし、今井四郎はぬかるみにはまって果てた主君を見て、自ら喉を刺し貫き「防ぎ矢」を終えた。近代科学の産物は「防ぎ矢」し続ける。

木曾殿は、最後まで主体的であろうとする英雄的人物と捉えられるが、他方、自分の力を信じて行動する思い上がり、傲慢の罪で「ぬかるみ」にはまった、とも捉えることができる。人間が主体的であろうとすること自体が傲慢である、といえばそのとおりである。生も死も「大いなるもの」に委ねられたものである。それでも、死の瞬間までは生であり、その生は他の誰でもない当人のものである。死は当人のものから離れるが、生は当人のものである。生はまさに主体的に「プロデュース」するものであろう。死は受容するもの。だが、生と死は一気に反転するわけではない。生と死の狭間、主体と受容の狭間に「ぬかるみ」がある。「ぬかるみ」の生の時間を、どう生きるのか。

ＩＶＨ中止を、誰が決断できよう。誰が実行しえよう。近代科学の過剰な発展の中で、人が主体的に生きそして死ぬには、自死のほかに道はないのだろうか。

わたしは、静かに点滴の準備を続け、そして言った。

「十一月三十日はわたしの誕生日、あと三週間だよ」

わたしは五十七歳を迎えるというのに、シズコさんの前で幼児になった。小さな子どもが母親におねだりするように、「誕生日を一緒に祝ってちょうだい！　生きて、わたしを一人にしないで」と言おうとした。シズコさんはその思いをいち早く受けとめた。

「そうだ、（逝く時を）十一月三十日にしよう！」

シズコさんは自分の死を受け容れている。むしろ、死にたいとさえ思っている。自分は人の役に立っていない。ただ世話をかけているだけで、生きている意義がない、と思っている。それでも、自分が生きていることが誰かの役に立つのなら、希いに殉じて、そのときまで、いましばらく生きてやろう。わたしがシズコさんの死を受け容れるまで、待ってやろう、と思ったのだ。

8　永　生――永劫回帰……………………十一月

在　宅――「誰いなくともおまえがそばに」

「一日中苦しむ」（十一月十日　シズコさんの手帳メモ）

朝、楽しみのリンゴの絞り汁を口にしたとたん、にわかに体調が悪くなった。背中を二時間さする。よくならない。病院に電話する。昨日の往診につぐ往診である。ＩＶＨに鎮静剤を配合することになった。医師は入院を示唆する。

「これからは、一、二週間に一度の腹水抜きも、通院するのは難しいでしょう。最期は病院で、というお考えなら、入院は今です。病状がさらに進めば、たとえベッドごと専門家の手で移動するにしても、家から病院への移動だけで、病人には大きな負担がかかり、死につながることもあります。動かせるとしたら、今しかありません。何があってもおかしくない病状です。突然大出血するかもしれない、それでショック死するかもしれない」

「病院だったら、そのとき何ができますか？　輸血ですか？」

「輸血しても根本的な治療にはならず、数時間の延命ができるかどうかです」

わたしは、できるかぎりシズコさんを在宅で看たいと入院を日延べしていた。重篤であろうとも、在宅の日々は生の日常である。病院は、不治の病の者にとって生の場ではない。

「病院にいるよさは、なんでしょうか？」

「いざというとき、僕ら医師や看護師がすぐに対応できることです」

「対応って、どのような対応ができるのでしょう？」

「……看病している人が一人で動転しないよう僕らがいる、ということでしょうね」

治癒不能の患者で、医療の範囲を越えた病状が生じれば、医師とて手を差し伸べられることには限界がある。

これまで再三、わたしは医師から延命措置について尋ねられてきた。初めは八月だった。患者のキー・パーソンとして、意思を尋ねられたのである。

「いざというとき、心臓マッサージを施しますか。誰かが駆けつけてくるまで、といったことなどで、生命維持の措置を求めますか?」

その度ごとに、わたしは即座に応えた。

「生き残る者のために、病人の方が苦しむことを希望いたしません」

最期に際し入院するかどうかは、結局、看病する人の動転を回避するため、ということのようである。

数日前の真夜中の転倒事件の震えが、この身に残っている。あのとき、あのまま、もしシズコさんが逝ってしまったとしても、わたしの腕のなかで亡くなるのなら、わたしは後悔するまい。もはや死は、いつ訪れても不思議ではない。真夜中の転倒時のような激しい動転が、いつ来るともしれない。それでも、その動転をわたしが受けて立つならば、「在宅」できる。わたしは肝が据わった。

「腹水抜きは、病院じゃないとできないですか?」

「そうですねえ……やはり病院で……」

「往診では、どうしてもできませんか?」

医師は、病院に持ち帰って方法を考えてみる、と言い置いた。翌日電話で、往診時に腹水抜きをしましょう、と回答があった。わたしの問いに医師が即答しなかったのは、看病するわたしに、最期まで在宅で看る覚悟があるか、との決意のほどを確かめたのだろう。それまでにも何度となく、「入院するなら、今のうちに」と促されてきた。そのたびに、わたしの覚悟は深まってきた。

友人がその頃、母親を見送った。

「最後の一カ月は、毎晩病院に泊まったわ。最期の頃は、とくに淋しくなるらしい。泊まってほしい、って母が言うの」

父親を看取った同輩が言った。

「父が、家では不安だ、病院じゃないと安心できない、と言うものだから入院してたの」

「在宅」が万人の望みである、とは言えない。シズコさんはどう考えているのだろう。病発覚以来、どんなときも二人で考えてきた。

「おまえのそばにいたい。家では、おまえがいつもそばにいる。病院では、たとえ夜の十一時までいてくれても、夜は一人ぽっちだ」

シズコさんの心はわかった。わたしはシズコさんを淋しくはさせまい。何があろうとも、わたしが傍にいる。吐血、下血、それによる窒息や血圧の急降下があるやもしれない。それらに対処できないかもしれない。それでも、病院とて数時間のちがいはあれ、結果は同じである。

「この家に一緒にいよう！　よかった、いつでもそばにいるよ」

「おまえがいて、ほんとうによかった、自分は幸せだ」

「わたしを産み、育ててくれて、ありがとう」

「最期の時、おまえがそばにいてほしい。ほかに誰いなくとも、それでいい。本望だ。おまえがそばにいればいい」

あれは、わたしがシズコさんを思いやったのか、シズコさんがわたしを思いやったのか。いつまでもシズコさんに生きてほしい、一緒にいてほしいと希うわたしのために、もうしばらくはわたしの傍《かたわら》で生きてあげよう、とシズコさんがわたしを思いやったのにちがいない。

「個展を開こうと思っていた八十八歳までもね、生きたいとは思うけれど、八十四年の人生、充分に生きた、と思う。（いつ死が訪れても）もう心は決まっている。なんの動揺もない。淋しさはあるけどね」

「百歳までも、おまえのために生きる、って言ってくれていたのに……」

「泣かないで。おまえを置いて旅立つ自分は、もっと淋しいのだから」

わたしが泣いたら、シズコさんはもっと悲しい。憂いなく見送る。それが今のわたしにできる唯一にして最大のことなのだ。

「大事なことはみんな、おまえに話したような気がする。宿題、いっぱい残していくよ」

「宿題いっぱいないと淋しいから。宿題もっともっと残してね」

涙のにじむ瞳のままに、わたしはにっこりとした。シズコさんは初めからずっと微笑みをたたえている。わたしはシズコさんの死を受け容れたくないが、別れのときはもう目の前だ。あらゆる一瞬が共に過ごすことのできるかけがえのないとき、二度と繰り返すことのできないとき、と何をするのもいとおしさに駆られる。

折しも、ホスピスからの空きを報せる二度目の電話があった。

「ありがとうございます。でも、最期まで〈在宅〉、に決めました」

二人――「揺りかごみたい」

十一月も半ば、シズコさんにいのちあるのが驚異なほど、と医師は言う。まことに、衰弱は激しく、立ち上がることはできず、布団の中で体を小動きさせることさえ困難になっている。看護師は言う。

「自分で体を動かせなくなった人の介護で一番大切なのは、体位交換です。二、三時間に一度は、必ず体を動かして差し上げなさい。動かさないと、床ずれができます。褥瘡《じょくそう》と言います。病人が気持ちよく寝ていられるよう、体を動かして差し上げてください」

朝起きると一番に、わたしはベッド・サイドに行きシズコさんの体の向きを変える。

「何時に、目が覚めた？」

「たった今」

シズコさんはいつもそう言う。わたしは知っている。不如意な身を横たえて闇の中でひとりじっと夜の明けるのを待つ苦しみを。肉体の苦しさばかりではない。不安と淋しさに取り巻かれている。その闇をわずかに開くものは、誰かがともに目覚めていることであろう。シズコさんは、わたしが起きるのをひたすら待っている。それでも、わたしの健康と安静を気遣い、祈り、じっと黙って我慢している。

人間の体は知らないうちにすぐに小動きする。わたしは、横たわって身動きせずにどれだけの時間いられるか、試してみた。数分もしないうちに動かしたくなる。それでも動かさないでいると、数分のうちに全身が苦しくなる。居ても立ってもいられないようなだるさが全身を覆う。微動だにできない辛さを思いやる。小動きもできず二、三時間横たわっている苦しさを思えば、眠さなんぞなんでもない、とわたしは起き上がる。それでも、眠りの中断はしんどい。馴れてくればそれなりにリズムとなるが、それでも毎夜のこと、起き上がるのがとりわけしんどい日もある。

その夜三時、体位交換のためにセットした目覚ましが鳴り続けていた。ベル音を聞きながらも、音は意識の中で遠ざかり、わたしは眠りへと吸い込まれていく。目覚ましの音が鳴り終わってもまたしばらくすると鳴り出すスヌーズ機能が、何回繰り返され鳴り続けていただろう。シズコさんがわたしを呼ぶ声がする。

「あっ、ごめん。今起きるね」

そう言いながらも、わたしはしばらく起き上がることができない。

「起きるのはゆっくりでいいの。ただ、あなたが熱でも出しているんじゃないかと心配したの」

シズコさんは夜中にわたしを呼び求めたことはない。ただ、夜中によく時計を眺めている。二つ折りのケイタイを開けて時刻を見るので、バックライトの明るみから、それとわかる。わたしはシズコさんのベッドから一・五メートルばかり離れたところに布団を敷いている。お互いが横たわったまま相手の様子を見て取れるようにしようと思ってのことだ。シズコさんは何度も時計を見る。眠れないのだ。それでも、しんどくても、わたしを呼ばない。定例の日課ならぬ夜課の、わたしが起きる二時を待っている。わたしを眠らせてあげようとして、じっと待っている。

わたしは目覚ましをセットしているが、目覚ましが鳴るや、たいていすぐにベルを切る。シズコさんの眠りを乱したくないと思うからだ。病人は眠れない夜を過ごすことが多いものだ。もしかして、ようやく眠れているとすれば、ベル音で起こしてしまいたくない、と思う。夜ごと、わたしは自分が就寝する前に、シズコさんの世話をし、お顔や手足を拭き、清潔を整え、あちらこちら体を動かして、循環をよくしてあげる。薬の管理はもちろんのこと、ベッドの周りを往ったり来たり、たいてい一時間弱を要する。そうして十一時少し前に床に就く。それから午前二時に体位交換に起きる。

その夜、わたしの身体は布団の中に泥のようにめり込んでいた。起きようとするのに起き上がれない。「お身体交換！」と、いつものように軽やかに立ち上がれない。頭がガンガンする。それでも「ええい」と起き上がると、シズコさんはびっしょりと汗をかいていた。寝衣がじっとりしている。こんなになるまで黙って待っていたの？　ごめんね。熱いお湯で浸したタオルで体を拭き、着替えを準備する。体を右横に向け左横に向け熱いタオルで拭き、今度はまた右横に向け左横に向け、腕を上げたり曲げたり、また脚を折ったり伸ばしたりと、着替えのために体をあちらこちら動かす。

「揺りかごみたい」

シズコさんがポツリと言った。しんどかったんだ。微熱と身動きできない体のこわばりを、どんなにか解きほぐしたかったことだろう。身をよじることさえできずにいながら、真っ暗闇に一人じっと我慢している。わたしが起きるのをどんなに待っていたことか。わたしは自分の疲れもしんどさも、この一言で吹き飛んだ。

シズコさんはじっと待っている。一瞬でも長く寝させようと、わたしを呼ばない。わたしを起こすまいと、だるさを我慢している。いたわる。わたしはだから、二、三時間ごとに起きるのも、精神的にはちっとも苦痛ではない。

「お身体、動かすよ」

「揺りかごみたい」

シズコさんはいつでもそう言う。硬直していた体がほぐれる解放、身を委ねる安心と自力でできない悲しみ、自分を取り巻く大気のすべてが、自分を受け容れなだめる。それらが入り混じったことばだった。

自身で身動きできなくなったシズコさんを、わたしは決して一人にしない。自分で自分の身を守ることができないのだから、誰かが守らなければいけない。それでも、どうしても外出しなければならないときがある。わたしは願い出て学校の仕事を減らしたが、週二回、ドア・ツー・ドア三時間を不在にした。その間を訪問看護師に看てもらっていた。ある日のこと。

「変わったことはありませんでしたよ」

わたしの帰宅とともに、入れ違いに看護師は申し送りをして帰る。ベッド・サイドに行くとシズコさんは言った。

「早かったね。十二時になればおまえが帰ってくる、と学校に出かけたときから十分、二十分と時計を見て、あと何分、あと何分、とずっと待っていた」

泣きたくなる。わたしは朝九時に出かけたのだ。

「看護師さんがいても誰がいても、おまえがいるのとはまったく違う。あっちの部屋におまえがいると思うと、安心していられる」

シズコさんはわたしを見つめて微笑む。その顔が青い。

「気持ちが悪いの?」

シズコさんは頷く。

「我慢していた。あと一時間でおまえが帰ってくる、あと三十分、あと十分と、ずっと時計を見て、おまえが帰るのだけを待っていた」

背中をさする。にわかに様子が変だ。わたしは洗面桶を取る。あわや、シズコさんの顔を横に向ける。間一髪、桶の中に吐いた。シズコさんは我慢していたのだ。

「おまえがいると思えば安心しきっているが、他人がいるとそれだけで緊張する」

その夜。コツコツ、コツコツと、なにか叩く音がする。隣に寝ているわたしはすぐに起きる。

「どうした?」

「気持ちが悪い」

背中を三十分ばかりさする。

「人の手は温かいね」

いつの間にかシズコさんは眠った。その身をわたしに委ねている。身はすこぶる精神的である。

遠くに居住する姉が、看病をしようとて新幹線で一カ月に数日ずつ、わたしの家に来る。病状の進行は速く、毎回変化し、新しい状況が展開している。IVHの管理も、体位交換も、身体拭きも、姉はわたしと一緒にする。一人では、タマのこととて、責任を持って引き受けるには自信が持てない。毎夜わたしが何回も起きて世話しているのを替わってやりたいが、何事も一人で対処できるのかと心配が先立つ。ほんの少し手順を間違えれば、それだけで致命的になるほどシズコさんは重篤である。さらには、その不安をシズコさんが共有してしまう。隣にわたしがいないと思うだけで不安が先立ち、安心して眠れない。翌日は、眠りの不足のために体調はすこぶる悪くなり、わたしの方は看護にいつもに増して翻弄されることになる。結局、手伝えるのはわたしの食事の用意だけ。シズコさんは食事ができないので、腕を振るうこともできない。

看護師の友人が、毎日わたしが夜中に数度起きているのを不憫に思い、一夜代わってあげようと言った。友人はしばしばわたしの家に遊びに来てシズコさんもよく知っている。専門職だから安心してお任せできる、とわたしはお言葉に甘えた。その夜、二階で眠ったわたしは、遠い意識の中で、友人が幾度も起きる物音を聞いた。翌日、シズコさんの体調はすこぶる悪かった。友人の好意の「夜勤」は、シズコさんの精神を不安定にし、眠りを妨げた。わたしがいつもの見えるところに寝ていないということが、不安をあおった。何かがあったとき頼ることができるのか、という漠とした不安なのだろう。自身で自分の身を守ることができない者にとって、自分のあるがままを丸ごと委ねてもいいという信頼と安心感が、何の担保もなしに持てる相手でなければ、出来事としては難なく対処されるにしても、本人の漠とした不安は癒されることがない。シズコさんは一夜中、眠りを得られなかった。

翌朝、看護師の友人は「看護は奥が深い」と、その精神的な側面の大きいことに改めて知見を得たようである。もっとも弱い状態にある者は、心身ともに理解し、受け容れ、ともに歩んでいる、と絶対的に信頼を寄せる者にだけ安心して身を委ねる。

わたしは日々、来信の代筆、見舞い客の交通整理などシズコさんの人間関係を代行し、点滴の輸液交換や速度管理、寝返りのできない体をしばしば動かす体位交換など、肉体維持を支え看護した。二十四時間、ひとつ屋根の下、シズコさんの傍らにわたしがいる。たとえベッド・サイドすぐ傍にいなくとも、わたしがどこにいるのか、何をしているのか、気配でシズコさんはわかる。わたしもまた、不思議なほどシズコさんの気配がわかる。シズコさんの傍で食事し、シズコさんの体を拭き、いろいろな話をする。窓を開けて緑の風を呼び、一緒に愛《め》で、花を見、緑に揺れる木々の葉を感じ、中秋の名月を、清明に輝く十三夜月を愛でる。互いが通じ合う安心感のなか、一緒に病に向きあい、心を通わして過ごした。ほかの人の生を丸ごと支える。二人を一人で生きる。「二人で一人」ではなく、「一人で二人」である。

万世——「日本人として生きてきた」

厳しい状況が続く。

「呼吸がえらい」（注記——「えらい」は岐阜弁で「しんどい」の意味）

（十一月十二日　シズコさんの手帳メモ）

「耳鳴り。とても疲れた。このまま他界することばかり考えた」

（十一月十三日　シズコさんの手帳メモ）

「ずっと目をつむっていた。ときどき目を開けて時計を見る。ひたすらにH（わたしのこと）の帰りを待つ」

（十一月十四日　シズコさんの手帳メモ）

落葉が風に舞う十一月十四日、わたしは修験者の先生のところにお参りに行った。わたしの不在は不安となって、身の苦しみを倍加させることになっていた。

「自分はもう覚悟している。延命はいいから、苦しまないよう祈ってほしい」

「そうお願いしているよ」

「にこやかに逝きたい」

「そうだね」

わたしは、この日をもってお参りを止めることにした。見守りの留守番をお願いしていたとはいえ、寝返りさえうてなくなった人を残して出かけてはなるまい。傍にいること、それ以上の祈りはない。それにしても、自分で立ち上がることもできず、わずかに両手を動かすことができるだけで、自らの身を自ら動かすことができず衰弱だけが残されているとき、人はどのように生を充実させていくのだろう。どのようにして、どのような、希望を持つことができるのだろう。生きるとは希望を持つことではないのか。お参りがひとつの希望になりうるときは、終わった。


翌日、内親王清子《さやこ》さまの結婚式がテレビで生中継される。

前日までのシズコさんの病状は、すこぶる悪い。その朝は、五時半に体位交換の「揺りかご」、のち一時間ばかりマッサージする。体が楽になったのか、シズコさんはその後一時間ばかりを眠り、七時半に目を覚ました。そして十一時から中継を見た。目を覚ましているだけでも身体はしんどいはずである。一時間半にわたって一緒に中継を見終わったとき、わたしはシズコさんの身体を心配し、ねぎらった。

「疲れたでしょ」

シズコさんは即座に応えた。

「自分は日本人として生きてきたから」

そうなのだ。天皇家が表象しているものは、わたしたちの永世の願いである。一人ひとりは宇宙に散らばる塵泥《ちりひじ》にほかならない。それでも、一人ひとりはかけがえのない存在としてこの世に生まれ、生きる。そのかけがえのなさを支えるのが万世一系という物語である。それを託されているのが天皇家である。少なくとも今のわたしにはそう思える。庶民の心性を一身に体現する。この期だからこそ、なおさら中継を見る。そして永生を思い見る。

跡取り娘だったシズコさんは、子どもの頃からその責任と緊張の中に過ごしてきた。我が家を興すこと。父のいない家にあって、祖父が頼りにするのは自分の娘（シズコさんの母親）を飛び越えて孫のシズコさんだった。家をつなぐことに三代を賭けた祖父の悲願、明治の精神を生きた祖父の期待を背負い、女の一身に重責を担う。守るほどのものは何ひとつない名もなく貧しい家である。だが、だからこそ、家を興し、家を守る、と懸命に努力した。それはただ、目の前にする貧しく弱い親たちへの愛にほかならない。学業も結婚も、子育ても夫唱婦随の生活も、書作の活動も、すべては家を興すことにつながっていた。

この世を去りゆく時を目前にして、自分一個は消滅しても、自分というものの因子は消えず連綿と続く。自分の一生は、家という小さなつながりの中で、その物語を紡ぎ出そうとしてきた。中継を見ることとは、そのようなリレー・ランナーとしての自分の人生を振り返ることだったにちがいない。自分より先を歩んだ人たち、後を歩む人たちに、恥ずかしくない生き方を最期の時まで貫く。それが自分の使命である。反省も悔いも多々ある。しかし、自分は自分なりに精一杯最後まできちんと生きる。それがバトンを受けた者の役割である、と。

「人間は土に還る。自分はそういう姿をこれまでたくさん見て来た。燃やすにしても、骨は土に還る。自分は、自分の魂は、永遠にふるさとの墓に眠る」（シズコさんの手帳メモ）

小さくはあっても「万世一系」の流れの中に、自分もまた永遠に住まう。この世における次の世代の活動を、父祖たちとともに見守る。家族、地域、そして共同体のひろがりのなかに、静かな幸いを夢想し、永遠の生を思い見る。

「いつもシズコさんとお参りしたね。明るくて静かな、いいところ」

シズコさんで五代になる我が家の墓は、シズコさんの生まれ育った地にある。わたしの家からクルマで一時間弱の山間である。その墓地を矢の洞という。三方を山に囲まれ、まさしく洞である。人家の集まる地域部落に隣接し、東側を入り口として墓地の洞は広がる。

シズコさんと一緒に行く墓参は、いつもお天気がよかった。墓地の入り口に立ち、山裾ゆったりとした勾配で南斜面に立ち上がる地を見渡す。上から三段目ほどにある我が家の横並び三基の墓を見上げながら歩く。山間の清らな水をひっぱっている簡易な水道に水をいただき、上段へと歩く。

「みなさん、来ましたよ」

お水を換え、お花を活け、蠟燭と線香に火をともす。般若心経を唱え、お参りが一通り終わると、わたしたちはいつもお墓の背に廻って、墓基と同じ向きに立ち、墓基から見える風景を眺めた。墓地は静けさと安心感に包まれる小さな盆地様の地形をなしている。頭上にはどこまでも青い大空が広がり、太陽がまぶしい陽射しを投げている。陽射しの方向に目をやれば、せせらぎを隔てて数十メートル向こう、墓地を取り囲む南側の山の稜線真上に、太陽が輝いている。

墓基はすべて南を向いて建ち、みな、お天道さまを仰いでいる。わたしたちはお昼頃にお参りすることが多く、南の山の稜線から高いところに太陽がまっすぐに我が家のお墓を照らしていた。もちろん誰の家の墓も、ここでは同じように陽を受けている。人間が座した姿をかたどったという墓基に陽がふりそそぐ。

「ああ、先祖のみんなは、日々こうして陽を受け、緑の木々を眺めて座っているのだな」

シズコさんの母親、祖父母、曾祖父母、会うことのなかったその先代たち、そして若くして没した親族たち、夫もいる。彼らと一緒に陽を浴びて並んで座るときが来た、とシズコさんは思う。お天道さまの陽射しをまっすぐに受け、通り過ぎるさわやかな山風を受け、そうして父祖たちとともにふるさとの地に永遠に時を過ごす。自分は家族、親族、地域のなかに生き、それら共同体のために生きてきた。死してまた、この共同体のなかに住まうと思えば、親たちに見守られつつ縁側に遊ぶ幼な児のように、やすらいだ気持ちになる。歴史と地域に根づいた墓は、共同体のつながりのなかに、自分もまたしっかりと根づき生き続けるという確信をもたせてくれる。慰みである。

厳しい病状の日々に、内孫（わたしの甥）からの報告が届いた。

「妻のお腹に子が宿りました。三カ月です」

シズコさんは身動きできないベッドの中で、満面の笑みを浮かべ、両手をパチパチとたたいた。夫婦に子が恵まれない数年が続き、シズコさんは期待をかけてはなるまい、と自制していた。この期に、朗報が舞い込んだ。父祖たちを礼を尽くして見送り、供養し、そしてまた自身が最期まで懸命に生きるならば、万霊は次のいのちをこの世に送り出してくれる。それを「万世一系」というのか、永劫回帰というのか。生まれ変わりとは、おそらく思想である以上に事実なのだろう。

回 生――「遺言のつもりで」

十一月十八日
開け放した病室に続く部屋で電話が鳴る。

「本の題字を瀞花さんに依頼したい」

瀞花とはシズコさんの雅号である。出版社からだった。電話を受けたわたしは言った。

「とてもありがたいご依頼。ただ、瀞花は二十四時間病臥の状態で、とてもお引き受けできる状態にありません」

丁重に断りを述べた。その後でこう問うた。

「このようなお話をいただけるだけで、嬉しいこと。ちなみに、どのような題字でしょうか？」

『遺言のつもりで』。岡部伊都子さんの本で、語りおろしの自伝です」

「遺言のつもりで！」

シズコさんにとっては、「つもりで」はなく「遺言」そのものとなる。岡部さんはシズコさんと同世代の著名な随筆家である。同時代を生きた人の自伝の題名を揮毫すること、そこには自身の生涯を振り返り自らの想いを乗せることもできよう。あまりにもピタリと符合する題名に、電話を終えてわたしはすぐにベッド・サイドに行った。

「書いてみる?」

シズコさんは「書く」とは言わなかった。それでもわたしは、すぐに墨を磨り、紙と筆を用意した。B4判の紙挟みボードに半紙大の毛氈を敷き、その上に和紙を挟んだ。電動ベッド頭部を上半身が立つほどの位置まで上げる。ベッドのシズコさんに、墨をつけた筆を手渡す。わたしは、紙挟みを持って支える。

「遺　言の　つもり　で」

ゆっくりと筆が動く。筆遣いは瀞花・シズコさんのものである。腕は生きている。

「いい。いけそうだよ」

「そうかな?」

「もう一枚書く?」

わたしはさっそく、電話を折り返した。

「お引き受けさせていただきたい。会心の作はできないかもしれませんので、採否はお任せいたします。先ほどのお断りを撤回させていただき、ぜひ、お引き受けさせてください」

シズコさんはその日以降、もう一度書ける体調のときを待った。それでも、病状は日に日に進行し、昨日より今日の方が体調がよい、という日は来ない。十日ばかり経って、それでも筆を持った。ベッドの頭部を上げて上半身を起こす。数日前より、明らかに病者の字である。いつものシズコさんの書線にみる鋭いキレは後景に沈み、弱々しげにも映るやわらかなやさしさが、題名に託された想いを二重写しにしている。弱くなっている肉体のすべてを賭けて次代の人たちに語る。それは著者と共有する思いである。書は時間芸術。油絵のように後から書き足したり直したりはできない。一枚を書ききる間、心身の緊張に一貫性と統一が要る。シズコさんは三枚書いた。体力が心身の緊張を保つ限界を越えた。衰弱は明らかに進んでいる。

この日の作と、依頼を受けた日の作との二種類を、わたしはそれぞれの味が捨てがたく、採否を委ねて出版社に送った。双方ともに使ってくださることになった。ひとの役に立つ意義あることは、生きていればこそできる、とわたしは一人喜んだ。

シズコさんはその翌朝、夢を見た、と言った。

「どうしてか、東京帝大の入学試験を受けているの。問題を解くのにとても苦しんで、昨夜はずっと眠れなかった。帝大は女が受けられる学校じゃなかったのにね」

題字をもう一度書こうと思いながら、書ける体調のときが来ない。気持ちは書きたいのに、肉体がそれを許さない。「書きたいが書けない」「行きたいが行けない」。自分の思いを前に進める条件が整わない。それが帝大入試の夢となって現れたのにちがいない。

自分として、努力の限界に挑む。それでも立ちはだかる「風車」は、自分の意思の力と行動力で拓くことのできるものではなかった。自分では如何ともしがたい、自分の努力を超えた限界が立ちはだかっている。それが帝大入試の夢である。入試制度という自分の意思とはまったく別のところにある条件を前にし、それでも自分の能力を試みようとして苦しむ。自分の意思によって努力し、「風車」に立ち向かってきたシズコさんにとって、意思によって生きることの限界を超えたところに立たされていることを意味していた。

その十日ほど前に、胃管を挿入することになった。胃液の排出路を確保するものである。連日、何も飲食しないのに嘔吐する。癌は胃を完全に占拠し、胃液の排出さえ許さなくなった。折々、管を流れる液が赤い。胃部の出血だ、と医師は言う。シズコさんの病床六尺は、いよいよ厳しい。それでもわたしは、肉体の限界に近い人にその人のこれまでの生き方、生活習慣を回生するお手伝いができた、と嬉しく思った。シズコさん自身は立ち上がるだけの肉体を失っていても、わたしが支援することで書作し、回生を生きることができる。シズコさんの日々の営み・ハビットを生きられる、生きた、と思った。題字書作を、おそらくはシズコさん以上に、わたしは喜んだ。

「最期まで仕事があるって、嬉しいね」

シズコさんはこう言ったが、これが「最期の最後」と、感謝とともに諦観したのである。立ち上がる肉体はもちろんのこと、人に身を支えてもらってさえ筆を執る肉体は、もうない。意思を行動にする肉体を失ったこの期に、本の題字を書くことができたのは、終幕を引いたつもりの人生には、まことに付録のような僥倖《ぎょうこう》である。緞帳《どんちょう》が下りたあと、自分ごとき者にまでアンコールの呼び出しがかかった。そんな面映ゆさである。原著者、出版社、題字の依頼、筆を執る具体的な援助、これら四つがそろったおかげで、書けた。しかも、この世を去りゆこうとする者のために用意されたような題名である。

「ぴったりはまっている」

出版社から題字原稿のお礼の電話が入る。

同じ日の午後、社中のお弟子たちが展覧会授賞式の報告に来た。

「よい成績をいただけましたのは、先生のおかげです」

喜びと悲しみが交錯する。

誕生日──「たいこ焼きの子」

十一月三十日

その日になったばかりの深夜二時。まさしくわたしの誕生の日時である。いつものとおり、わたしは体位交換に起きた。身動きのできないシズコさんの体を揺らし緊張をほぐす。楽になってまた眠れるようになるまで一時間ばかり、マッサージをする。その間、いつも、いろいろな話をする。この日は、わたしの誕生の話だ。何度かこれまでにも聞いてきたが、誕生日のまさにその日その時刻に聞くのは初めてだ。

「雪が降っている晩だった。なんだか今夜あたり生まれる、という気がしてしかたがなかったの。戦後まもない頃で、食べ物がない時代。力をつけたいと、雪の中、たいこ焼きを買いに行って二つも食べた。出産のお駄賃。甘いものは当時は大ごちそうなのよ。おいしかった。力をいただいたおかげか、それからまもなく陣痛が来て、あなたはなんと、スルリと生まれた。たいこ焼きの力で生まれたの」

聞くたびに、わたしの頭の中に、一面にひろがる雪の純白が浮かぶ。小雪降る中、ふくらんだお腹のシズコさんは二歳児の男の子の手を引いて路地を歩いている。二歳児はわたしの兄だ。シズコさんはわたしの映像の中で、前に向かって歩いている。それでも、顔の表情は次第にくっきりと大きくなっていくことはなく、裏通りの小道を歩くシズコさんの下駄の足跡だけが、雪の中にどんどん長くなっていく。五歳だった姉はわたしの映像の中にはいない。祖母と一緒に家でお留守番をしていたのだろう。シズコさんの姿は、まるでそのお腹の中からわたし自身が見ていたように、くっきりと映し出されている。

たいこ焼きは、今川焼と言ってはつまらない。太鼓叩いて奮い立たせる。名にある素朴な励ましとたっぷりとした甘さが身上だ。シズコさんはたいこ焼きを食べ、そうして自宅で産婆さんの手を借り、わたしを産んだ。雪の純白とたいこ焼きの素朴な甘み、それはわたしの始まりである。

「わたしは、たいこ焼きの子、だね」

「あなたは、生まれるとき、ちっとも苦しくなかった。生まれるときから手のかからない子だったねえ」

「今度はわたしが、苦しくないようにして、シズコさんを見送るよ」

シズコさんはわたしをこの世に送り出し、そうしてわたしの五十七回目の誕生日を、生きて一緒に迎えてくれた。

数日後

初雪が降る。五センチほど積もった。一面真っ白である。憂いも苦もすべてを覆い尽くすようである。

「寒くない？」

「ちっとも寒くない」

薄い上布団一枚のシズコさんに、そっと二枚目を乗せる。

「重い」

シズコさんは、異細胞の塊という大きな石をお腹の上にドーンと乗せているようなものだ。体力筋力は極少になって、薄い布団の重みさえ負担である。床暖房のスイッチがまた入った音がかすかにする。室温二十度、外気は零度を示している。

9　受苦――弱さを生きる……………十二月

意義ある生――「思い出して、どうなるのでしょう?」

師走も押し迫った日、往診日

医師が来るといつも、シズコさんは堰を切ったように問いかける。この日はいつにも増して重い問いだった。

「自分のいのちなんですけど、自分のいのちを、たとえばそこにあるものを自分でパッと取ることができないように、自分の時間を使って展開し実現していくことができない。そのような自分、無能な時間をもっている自分、それをどうやって納得し、対処したらよいのでしょう。このごろそんなことばかり思います」

シズコさんは、生きながら身動きを許されない幽閉状態を生かされている。肉体を動かすことができないのをただ嘆くのではない。それをどのように受け止めればいいのか。その悲しみをどうすればいいのか。身動きできないながらも、生きている意味があるという生を招きよせるには、どうすればいいのか。どのようにできるのか。解答不能の問いの答えは、はっきりしている。生の対極である。だからだろう。わたしと二人だけの時は問いを封印している。わたしはシニア・グラスを手放せない年齢になっているとはいえ、いまだ活力に満ちた時間を残している。その時間を生きてほしい。屈託なく朗らかに笑い、生き生きと生きるがいい。いずれ重く暗い問いに直面する時が来るだろう。だが今は、引っ張り込むまい。シズコさんはそう思っている。それでも封印しきれない。医師が来ると、ため込んだ思いは急くように噴出する。

医師は返答に窮する。静かな沈黙が凍りつく。しばらくの間のあと、シズコさんは病室に続く和室の座卓を眼で追いながら、言った。座卓の向こうは、大地にうっすらと雪が冠り、雪の白と高麗芝の枯れた茶色がまだら模様を呈している。

「あそこで筆を執っていたころは、ヘタな字しか書けなくても、楽しかった……」

シズコさんの眼には、青々とした芝生と生い茂る植栽の緑が映っていただろう。

数年前のあるとき、わたしにこう言ったことがある。

「自分は書家として死ぬ」

わたしは、シズコさんがようやく自分の求める書のスタイルやありようをはっきりと摑むことができたのだ、と思った。しかし、そこに力点があるのではなかった。おそらく、書をもって自分の人生とする、と決したのだ。書の高みまで行ける、行こう、などという高邁な展望を持ったのではない。どこまで行けるかわからない。どこへも行けないかもしれない。あらぬところに迷い込むかもしれない。それでも、いのちの限り書に向かい、書によって生きることを問い、格闘する。どんなに老いぼれようとも、日々筆を持つ。それが後半生に書を選び取った自分ができること、なすべきことである、と決意したのだ。

シズコさんは自分のことを書人と言うが、書家とは言わない。書家と言ったのはこのとき一回きり、わたしに対してだけである。おそらく、わたしがこんなふうに促したことがあったからだろう。

「自分のこと、書家っていえばいいじゃない。おこがましいと思っているんだろうけど、書が自分の人生になっているんだから、誰かが認めてくれるとかそうでないとかじゃなく、自分は自分だよ。幸いにして老齢。誰も張り合おうとか、蹴飛ばそうとか、序列のなかにいれてやろうとか、思わないよ。こっちが思ってほしくても、相手は思ってくれないんだから、思うがままに書をやればいい。それが書家。それでいいんじゃない？　自分らしく我が・ままにやるだけだよ」

書家ということばには、一般的には、ある輝かしさがつきまとう。書芸術において一定の権威を認められ社会的認知を受けた存在、というものだ。シズコさんは、書のキャリアからすれば在野であるばかりか、中年になってから始めた書世界のレイト・カマーである。子どもを教える「習字おばさん」に始まり、大人を教える「書ばあさん」、そして小規模ながら全国公募展の審査員を務めるが、一介の、無名の人である。社会的認知を意味するように思われる書家ということばを、だから使わない。使えない。それでも「書家として死ぬ」と言ったのは、生き方を語ったのだ。

夏の日々から秋風とともに、体調の過激な衰退のなか、無理を押してベッドから這い出し筆を動かしたのは、評価を受けようとか、作品を立派に仕上げようとかの思いからではない。もちろん、その力もない。とはいえ、健康なときならば自分なりに思いを筆に託して表すことができたのに、どうしてこんな字しか書けないのか、と地団駄踏む思いにかられたにちがいない。それでも書いた。一日中ベッドに横たわりながら、筆を持つわずかな体調の恵みを待った。そうして書の座卓に這い出ていった。

かつて表現し得た生き生きとした活力ある字は、そこにはない。弱々しくもはかなげな書字。わたしには、そこににじみでる痛々しいほどのやさしさがいとおしく感じられる。自分がこの世に生まれ出で、このようにして生きてくることができたという感謝と愛があふれでている。書家の字として眺めるならば、評価は別だろう。シズコさんにとっては、最期まで毎日書字にむかって筆を持つ。そこに、自分の生きるという意思があった。筆を持つとは、自らを生きること、自由を生きることだった。それが、後半生に自身が引き受けた生活の仕方、生き方だったのである。どんな状態になろうとも、どんなときも、筆を持つ。持ち続ける。それを自分の日常の習い、生活とする。楽しいが厳しい。楽しいが孤独。自分に向かう挑戦であり、自分が自分であるという自恃の在処《ありか》である。だから、「ヘタな字しか書けなくても、楽しかった……」。

今や、微動だにできず、自分が自分であるという日々の営みをなすことができない。それでもなお、生きている。自分は自分ではない。この期に及び、どのようにすれば、自分は自分でありうるのか。自分でいられるのか。

静かな沈黙が流れる。シズコさんは言う。

「今は、何か二、三十分もやると頭がうなってきて、何もできない。本を読むこともできない。でも、今に死ぬというこんなときに、こんな本読んでどうなるの、というような本が、読みたい」

ようやく、医師が応答する。

「手を動かしたり身体を動かしたりすることは難しいので、頭のなかで、心のなかで、今までのことを振りかえったり、思い出したり」

「思い出して、どうなるのでしょう」

シズコさんは、激しく遮った。

悲しみがあふれでる。

ふたたび沈黙が覆う。シズコさんは高ぶる情感を抑える。

「多くの人は、癌ということをひたすら伏せようとしますが、どのような気持ちなのでしょうか。与えられてしまった運命なら、受け容れるより仕方がないではありませんか!?」

医師は問いをずらす。

「癌告知は全員にするか、といえばそうではありません。積極的治療をすることができない段階の人には、あまり告知しません」

「三十五年前のことですが、母親が癌にかかり、わたしは伏せて伝えませんでした。立つこともできなくなって、ちょうど今頃でしたか、『いっぺん立たせてみてくれ』と言うので立たせてあげたのですが、立ったとたんにグチュグチュとくずおれてしまった。『やっぱり、あかんなー』と情けなさそうに言いました。『かあちゃん、無理して立たんほうがいいわ』と言うと、『春になったら立てんかと思って』と言いました。それ聞いたとき、とても悲しくて……」

シズコさんはしばらく沈黙した。

「そういう希望をもたせないほうがいいのではないか、と思ったことを、思い出します」

祖母（シズコさんの母親）は春を待たずして亡くなった。医師は、ずっと黙っている。

「病気が治らないという事実をもって過ごすのは、ほんとうに難しい。それでもわたしは、母親のように、悲しいとは思わない。現実は自分の希望とはぜんぜん違っている。それなら、自分の希望をどのように、どこに、持ったらいいのか、と今、考えています」

医師は聞くばかりだ。

「今日もお昼に、このような病気をもたなかったら、今どのような暮らしをしていただろうか、と思いました。そのときなりの計画はあったけれど、個展を開催しようと五年計画をたてていましたから、そのとおり五年間生きられたとしても、今、頭で思い描くような実りある生活ができたかしら、と思うと、これくらいで線を引くほうがいいのかしら、これは神さまが上手に与えてくださったことなのかしら、とそんな結論に至りました」

シズコさんは続ける。

「今朝、死ぬことは生きること、と思いました。死ぬことは自分の生を検証すること、と。自分はどれだけ検証できる生をもったか、ということです」

一瞬の間があった。

「ところが、今これからは、自分で自分をどうすることもできない。死ぬことは自分の生を検証すること、と意義づけても、検証したことを次に生かすことができない。今これからは、何もできない。すべては、すでにしてきてしまったこと、過去です。そのような状態を、自分のなかでどう納得し、どう意義づけていくのでしょう」

しばらくの間のあと、シズコさんは静かに言い放った。

「意義づけていない人生はやりきれない」

QOL——「生きていた甲斐がある、とするには？」

医師がようやく口を開いた。

「毎年お正月とかに、今年一年がどういう年だったか、あるいはまたここ十年はどういうときだったか、と振り返ったりしませんか？」

シズコさんは即座に、ほとんど反論とも言うべき口調で言った。

「わたしは学校時代から七十余年、一日も欠かさず日記を書いてきました。振り返ろうと思えばいつでも振り返ることができる」

しばらくの間のあと、静かに加えた。

「しょうもない人生だったなあ、と思ったり……。今現在は、これでよかったのだ、と思いますが……」

「これからは未来を志向して何か予定をたてたりすることより、これまでの人生を検証するために、確かめるために、与えられた期間だと思います」

「振り返っても、しかたがありません。悔恨しても、しかたがありません。死のなかに自分の人生をよみがえらせ、振り返るとして、……それがどのような意味を持つのでしょう⁉」

再び激情が漏れ出る。医師は返答に困っている。しばらくの間の後、それを察知したシズコさんは明るい調子にして、話題を変えた。

「幸いにも、今月いっぱいに自分の本（『ぼく字すきやもん』）が出来てきます。出版社から献本先の住所を教えてくれ、と言われて、なんだか気恥ずかしいような気がします。娘がほとんど世話をしてくれましたが、本の出版が喜びをもたらしてくれたと思えば、今生きているのはよかったのかなあ、と思いますが……」

シズコさんは実のところ、納得していない。「喜びをもたらしてくれたと思えば」である。「思えば」は「思う」ではない。条件付きである。「いま生きているのはよかった」と言えるとすれば、本の出版が喜びでなければならない。本の出版を手放しで喜びと受けとめられない、と言っている。それは感謝が足りないわけでも、身の程知らぬ欲張りだからでもない。たとえば大学入試に合格したとして、それが喜びであるのは合格後の世界が拓かれるからである。合格だけがあって入学が閉ざされていれば、合格は喜びになるだろうか。喜びは、その次に何かが起こることを思い見る、すなわち希望を持つことができてこそ、である。次の人生がないから、次を拓く自身の肉体がないから、念願の本の出版も手放しで「喜び」にはなりえず、「いま生きているのはよかった」とは言いがたい、とシズコさんは言っている。

「たいていは、前を見て、いつかいいときのために今があるとか、未来のために今がある、とか考えますが、これは老いとか病のときには、あてはまらないですね。検証しても、それを活かす時間がない。そんなときに、自分の人生を検証して、いったいどうなるのでしょう？　そんなことを思うと、むなしくなります」

物心つき、字を書くことができるようになって以来、八十余歳にならんとする間、ほぼ毎日、シズコさんは日記を書いてきた。何でもないような日常の些事を、無意識ながらも、かけがえのないものとして掬い上げ、起こった事柄は一体なんだったのか、その内実をじっと見つめてきた。放っておけば時間の流れに押し流され、時間とともに過ぎ去りすべては摩耗していく。日記を書くことで、日々の出来事を時間とともに流れ去っていくことから救い出し、経験として昇華させ積み重ねてきた。その堆積が明日を紡ぎ出してきたのだった。だが今は、日々を検証しても、検証を活かすべき「明日」がない。

医師がようやく口を開いた。

「振り返って次に何があるのかとか、何かステップになるのかとかいうと、むずかしい。でも振り返らなければ、すべては忘却の彼方に消え去ります。何かのためではなく、思い出すこと、そのこと自体を楽しんだらどうでしょう」

シズコさんは話題を変える。

「時々、今度の病気を宣告された日の晩のことを思い出します。余命三カ月と言われました。クオリティ・オブ・ライフが高いとは、どのような生活のことでしょうか？　末期癌は老衰と同じと、どこかに書いてありました。食べられなくなるということがそういうことなのでしょうか」

わたしもまた、基幹病院のあのとき、シズコさんのQOLをよくする選択はどの医療なのか、を問うた。医師側とわたしたちとでは、QOLの認識がズレていた、と今になって気づく。医療の事情通にあとで聞いたところ、一般には、ご飯を食べることができることをQOLとするのだそうだ。ご飯を食べるその行為自体、その行為の感覚的喜びや楽しみをQOLと見なすために、「たいていの医師はバイパス術を勧めるでしょう」と。シズコさんの意味するQOLは、自分の生活様式、すなわち書活動をする生活を持ち続けることを意味していた。

QOL確保とは、本来は、その人の生活習慣、ハビットを確保することではないのか。英語で生活習慣《ハビット》の回復を意味するリハビリテーションは、たとえば失った手を取り戻すことではなく、手でやっていたことを、別の方法であれ、再びやることができるようにすることである、という。QOLもまた、それまでのハビットを確保することであるはずだ。

シズコさんの生き方、筆を持つという主たる生活の様式を、わたしたちはかねてどの医師にもはっきりと伝えてきた。それでも、基幹病院の医師団のカンファレンスではほとんどまったく考慮されなかった、と思われる。

「二カ月ばかりは書を書いたりして、充実させてもらえました。生きていた甲斐がありました。でも、なにひとつ書くこともできない今、これから、生きていた甲斐がある、とするにはどうしたらいいのでしょう?」

医師は沈黙したままである。出口は見つからない。光は見えない。

終わり――「がっくり」

しばらくして、シズコさんの本が出来上がってきた。出版の運びになったとき、すでに病状は進み、準備作業はすべてわたしが代行してきた。シズコさんが死を目前にしていても、最期まで生きる希望の中に住んでほしい、と存命中の出版をめざしてわたしは本づくりに励んだ。ひとえにシズコさんのため、シズコさんの希望の生のために、わたしは本づくりの仕事をした。そのつもりだった。

公刊に先立ち、新本が宅急便で送られてきた。表紙は全体が青空、そのなかに立ち、小さな子どもが青空に向かって羽ばたくように大きく手をかかげ広げている。水色の清新な色合いの本を手にして、わたしはまるで自分自身の著書のようにワクワクした。さっそくシズコさんの枕元に持って行った。

「ねえねえ、どんな気持ち?」

シズコさんは本を手にしながら首をかしげ、しばらくして言った。

「がっくりした」

わたしの表情に驚きとかすかな落胆を認めたのか、少し間をおいて、加えた。

「嬉しくないわけではない。でも、嬉しい、ではない。がっくり」

かすかに微笑んだ。

そうなのだ。自分がその身を使ってなしてきたことのすべてが、本の出版という眼に見える形をとって完成した。終わりを呈したのである。それでもわたしの方は、本が出来上がってきたことを大いに喜んだ。小さな出版社からの刊行とはいえ、私家版ではなく出版取次を経て書店で流通する出版である。わたしは一人喜び、近所の本屋さんに行き、店頭に平積みされてある様子や、売れ筋順に並べられた書棚を写真に撮ってきた。地域のみなさんが支持してくださったのだろう、

篠田志づ子
白風社

なんと三位のところに並べられている。写真をシズコさんに見せながら、わたしは言った。

「これからだよ、これからだよ」

これから何かが始まる、とわたしは思った。シズコさんは何も言わなかった。たとえ何かが始まるとして、それはシズコさんの身に始まるものではない。シズコさんはわかっていた。そういうことは生者にのみ起こる、起こすことのできるものである、と。わたしは「生の時間」に住んでいる。これまでになしたことを受けて次に何かをすることのできる身体を持っている。だが、シズコさんは、何かをする肉体を持たない。これから自分が何かをすることは、ない。何もない。何もできない。すべては終わった。個としては終わったのである。脱力感。

その後シズコさんは、ベッドの上で自著を、原稿を書いていたとき以来、ほぼ一年ぶりで通読した。

「本になったら、良くなっているねえ。あなたがいろいろやってくれたおかげ」

「校正をして、とっても勉強になったよ。児童向けという読者の想定、小学五年生くらいの子向けの漢字コードに合わせることとか、出版にまつわるいろいろなことを学ぶことができた。それにも増して、シズコさんの人生がずっと身近なものになった。とっても楽しかったよ」

本になるとき原稿は自分の手から離れる、と言うが、それだけではなかった。わたしは、シズコさんが最期まで生きる希望の中に住んでほしい、と存命中の出版をめざして本づくりに励んだ。ひとえにシズコさんの希望の生のためだった。そのつもりだった。ちがっていた。校正など出版に向けた仕事をすることは、死にゆく人を看守るわたしの悲しみと緊張を和らげるものだった。わたしの慰みであり、喜びであり、希望の光だった。だが、シズコさんの生きる希望にはなりえなかった。わたしに原稿を託した時、すでに自分の手から離れ、その希望もまたわたしに託されたのだった。自身の活動範囲ではなくなっていたのである。否、活動範囲に入れたくても、肉体がそれを許さなかった。

相前後して、題字を揮毫した本『遺言のつもりで』が出来上がってきた。本の背表紙には一行書きのもの、箱には二行書きの作が使われた。社長自らが届けてくださるというその日、IVHと酸素と胃管の三本をつないだ病床のシズコさんは、緊張の中でお見舞いを受けた。

「おかげで佳《よ》い本に仕上がりました」

「ありがとうございます。最期の最後まで仕事をさせていただく幸せにあずかることができました、みなさまのおかげです」

人生を総括するつもりで取り組んだ折り帖の書作を仕上げ、思いがけずこのような二種の本までできた。これ以上はもう何もできない。したいことは山とある。やり残していることはいっぱ

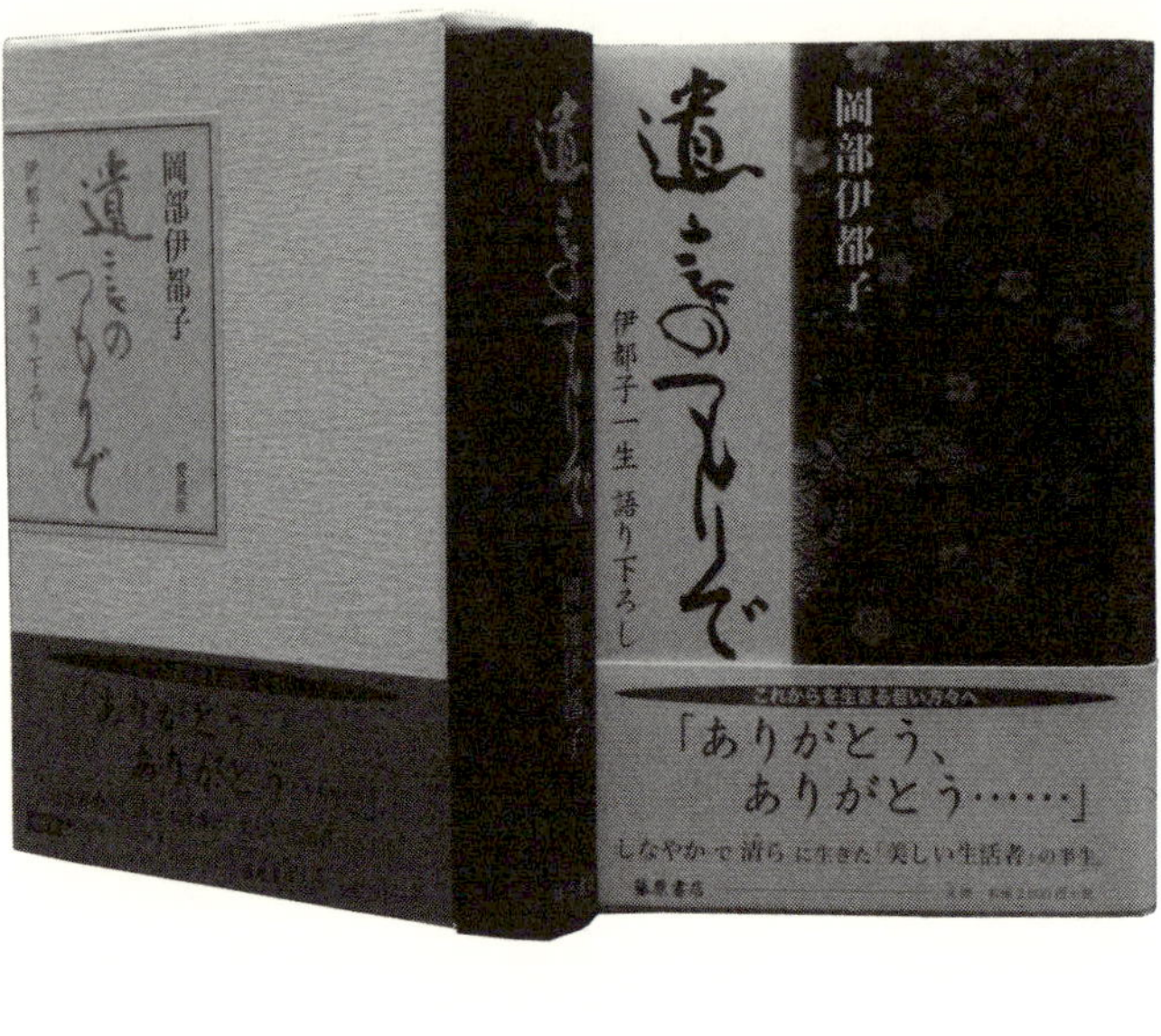
岡部伊都子
遺言のつもりで
伊都子一生 語り下ろし
「ありがとう、
ありがとう……」

いある。それでももはや、自分の意思を遂行する肉体がない。体力は極少、身動きすら微塵もできない。幸い、首から上と両手だけは動かせる。手を顔までもっていくことはできる。それでも、ペンを持つことは苦しい。まして筆をとって意のままに動かすことは、できない。呼吸が苦しい。生きるとは、常に未来に希望を仕掛けていくことだろう。自らの計画を未来に投じ、動かしていく肉体がない。これから為すことは、何もない。何もできない。自分自身が為す、ということは終わってしまった。自分の為したことが形になって出来上がってくるのを「待つ」ということすら、終わってしまった。「生の時間」をプロデュースすることができないばかりではない。自分のしてきたことの成果を「見る」という仕事すら終わってしまった。自分の一生は終わった。「がっくり」である。

「何もできないで生きているのが、つらい」

笑顔——「死にたい」と言わない

シズコさんは「死にたい」とは決して言わない。親代わりの祖父、そして祖母ついで母親を自身が責任者として見送った経験から、よく知っている。看取る者にとって「死にたい」と言われることがどんなに辛いか、を。

わたしは、お世話になった恩師の弔問に伺ったときのことを思い出す。恩師の奥さんは夫（わたしの恩師）が死に急いでいたことにひどく心を痛めていた。「早く死にたい、早く死にたい、とそんなことばかり言って、ご飯も食べようとしなかったんです」と、弟子の若造だったわたしのような者にまで、何かを訴えるように何度も繰り返し涙声で言われた。「自分を残して先立つ惜別の情はあったのか」と、長年連れ添った情愛が崩れ去るような徒労感、あるいは看病の献身が無になるような悲しみ、夫と生きた来し方のすべて、妻としての存在の否定にまでつながる苦しみを、訴えておられたように思う。愛する者には一秒でも長く生きてほしい、と生者は願う。その思いに反して、生者から一刻も早く離れようとするかに見える姿は、生き残る者の心を苦しみに追いやる。もちろん、愛しい人を失った淋しさ悲しさのさまざまな形といえよう。それでも、看取りの日々に親や配偶者などもっとも身近な大切な人たちがどのようなことを話したか、どのような様子だったか、そのことの意味は何なのか、と生き残った者は解答のない問いを続ける。

死はその人の死だが、死の瞬間にその人から離れる。「死なれる」ということばが示すように、生き残る者たちのものへと反転する。そのことをシズコさんはよく知っている。死にゆく者は生き残る者たちのために、最後の日々を笑顔で生きる。生き残る者たちの後の祝福のために、死にゆく生の苦しみを引き受ける。生き残る者たちが、自分は充分なことをしてきたと思い、後悔のないようにしてあげるために。身を動かすこともできず生の意義を産出することもできない日々を、黙って笑顔で引き受ける。

死者は、生者のために死ぬ。死にゆく者は、生者がそののち生きてゆく日々のために、自然な死までを生きる。罪障感のないように、後悔を持たなくてすむように。自らの苦しみを先立てるのではなく、自然な死がやって来るまで苦しみに耐える。死は受け身、生者のために死にゆく苦を甘受する。

「釈迦はなぜ家族を残して出家できたのか」

シズコさんは元気なころ、こんなことを言ったことがある。

出家とは、現世に死を現出させることだろう。生きながら死ぬ。死のなかに住む。釈迦は死から生を考えた。死して初めて真の生あり。もちろんそうだ。死の時に、最後の日々に、その人の生のかたちはくっきりとする。死者は、しかし、その洞察を活かすことができない。活かすのは生者である。その二重性を一人で体現しようとすれば、釈迦になる。生きながら死ぬ。出家である。

だが、たとえば木曾殿の従者今井四郎は自ら死んだが、彼がそうしたのは現世にもう守るべき主君が居なくなったからである。釈迦にとっては、家族は自分が守るべき者たちではなかったのだろうか。人は共同体の中で生きている。釈迦は人類のために、生きながら死んだ。聖人たる者はそうなのだろう。だが、俗人は、愛する身近な者たち、家族、親族の幸いとなる生き方を選択する。シズコさんは、自分の死の在り方で生き残る者たちに悔いや禍根を残すことのないよう、苦しみは自分が引き受ける、と思っている。否、思うのではなく、そのような生き方が身についている。

わたしは、シズコさんが病床六尺にして笑みを絶やさずにいることに、その心根やことばの数々に、先に変わらぬものを感じ取り、肉体が死とすれすれの衰弱の極にあることを、折々見損ねた。シズコさんは死を受け容れていただけでなく待ち望んでさえいたのに、わたしは、生きていれば思いがけない幸せが飛び込んできて、希望や期待を持つことができるものなのだ、どのような病状であろうとも、シズコさんの生に希望はあるのだ、と思い込んだフシがある。

シズコさんは自身の死を、傍にいるわたしが心底受け容れるまで、笑顔でじっと待った。時折は血を吐き、胃管から赤い液を流しながら。

平気——「ろくでなし、なんてひどい」

常住ベッドの日々が続く。

朝、真っ先にわたしはシズコさんの体を動かし、体位交換をする。

「おはよう！　お身体動かすよ！」

それから、髪を梳《と》かし、お顔拭きをし、歯磨きを援助する。常住ベッドの上とはいえ、一日の始まりを画する。わたしはベッドと洗面を何度も行き来する。お顔拭きには熱い蒸しタオル、歯磨きには受ける桶、等々、準備する用具は細かにそれぞれある。都合一時間ほどもかかって朝の支度を援助する。次は、朝食タイムである。シズコさんの朝食は、といって一日に口にするのはそれだけなのだが、リンゴ半分のすりおろし絞りたてジュースである。ベッドの上で顔をちょっと傾け、ストローでゴクゴクと飲む。実際にはチュウチュウと少しずつ大切に味わうのだが、心意気はゴクゴクである。

「ああ、おいしい！」

リンゴは私淑する先生からいただいたもの。胃には届かないが、その一口は先生と共有する精神のエッセンス。心の栄養、精神の拠り所である。どんな状況にあっても、そのときを精一杯懸命に生き、死に向かう生を花道とする、と自身に今一度自戒する。そうして、移りゆく自然に感謝し、しばらく常緑の木々や雪に映えた光の輝きを眺め、外気のかすかな囁きに耳を澄ます。季節の巡り、天地のうごめきに心動かす。

五カ月を窓にのみ見る緑黄紅　山のはにかみ空の組曲
碧天の雲の案内に奥深く　わが行く先はいのち永遠
一夜にてもみじの山の雪変化　デコボコ組曲大協奏曲

目を開けているのがしんどい。シズコさんは目を閉じてCDを聴く。

「越路吹雪《こしじふぶき》の歌を、かけてちょうだい」

シズコさんは越路吹雪とほぼ同世代である。新しい歌の世界を切り開き、歌のように生き生きと活動しているように見えた越路に、若い頃からあこがれ、どんな苦境にあるときも、厳しい現実にめげず明るく生きる歌に鼓舞されてきた。

わたしはCDをプレーヤーにセットする。明るく躍動感のあるリズムが流れ出す。

「♪……古い思い出はボヤケてきたらしい／私は恋人に捨てられてしまった／人はこの私をふ

だつきと云うから／ろくでなし　ろくでなし／なんてひどい　アーウィ！／云いかた♪」

（『ろくでなし』岩谷時子訳詞）

越路は歌いながら身体を動かし、リズムに委ねているだろう。「恋人」から見放されても、それでどうだというの。そこに立つほかないじゃない、と歌はいたずらっぽいほど自由奔放である。「恋人」は、自分の生を支えていたもの、大切なもの。異性でなくとも、人でなくとも、自分の生を支えていたあらゆる大切なもの、その象徴である。シズコさんは、この歌のリズムに心を委ねながら、身をもって活動しうる生から見「捨てられ」、「ろくでなし」の時間を過ごさざるを得ないこのときも、暗くならず、心持ちは明るくいこう、と心奮い立たせている。

動けなくったって、へっちゃらさ。でも、「ろくでなし、なんてひどい」。

10 無為——次代にバトン……………一月

大いなる無——「うらやましい」

元旦

年が明けた。衰弱はげしく、医師からは秋口にも危ないと耳打ちされ、その後は、いつ何があってもおかしくない、と言われていた。ぎりぎりまで控えていた年賀状を連名で出す。

あるべきを問いつづけ来し八十余年　思いのねばりいのちかぎりまで　シズコ

降りつづく雪のうちにもともに見む　いまひとたびの春の光を　治美

「今にして気がついたのは、自分が暮らしてきた過去はすべて自分なので消すことができない。その事実を持って死ぬということ、そのこと自体が親族に対する贈り物なんだなあ。親族よ、赦せ。でも、わたしは一所懸命やって来た。これが受け入れてもらえるように、今のこの時間をどう使っていったらいいのか。それが課題。よきも悪しきも一所懸命やってきた。今までの生を死が検証する」（シズコさんの元旦メモ）

シズコさんは、身動きさえできない身ながら、いのちのかぎりを笑顔で明るく過ごそうとしている。ひとえに親族一同のためである。先逝った父祖たち、現在の人たち、そしてまだ見ぬ未来の人たち、連綿として続く一系のなかに、自分はいる。その流れのなかにある自分の責任と使命を果たす。それは、最期まできっちりと生きることである。今ここにあっては、どんなときもにこやかに過ごすこと、とシズコさんは思っている。

一月五日　積雪

お正月はみな自分の家族とともに祝いの晴れやかな時を過ごし、病者に見舞いの客はない。二人だけの静かな日々が過ぎる。例年になくよく雪が降る。師走中旬から五〜六センチほどの積雪が何度もあった。この日はなんと、この地にしては珍しく、積雪三十センチを超える雪が降った。

真っ暗闇の夜に、微かないのちをつないでいるシズコさんを抱え、わたしは、その圧倒的な雪に二人して幽閉され隔離されてしまうような孤絶感に包まれていた。昼はまた、白一面の雪に太陽が反射し、清新な光が眩しく照り輝く。その圧倒的な力強さに、わたしはよろめいて倒れてしまいそうだった。

数日後、訃報が入る。なんと、二カ月前に元気にシズコさんを見舞ったお弟子である。長浜から岐阜まで遠路はるばるシズコさんを慕って通っておられた元女医、八十歳。あのとき、この方は関西弁いよいよ軽やかにこう言われた。

「センセ、お供いたしますがな」

しめっぽさ微塵もなく、おためごかしなく、なんという温かさだろう。死を前にした病者に対するこれ以上の見舞いのことばはない、とわたしは驚嘆し感動した。

たいていの見舞客は、死を前にした病者になんと声をかけたものか、と口ごもる。あるいは、「よくなられますように」「いましばらくは長く」などと、ありふれたお定まりの励ましを口にする。元気でいることを、いのち長らえることを、強制する叱咤となるとも思わずして、慰める。病者の方は、彼らの期待に応えるには、心身ともに力がない。見舞客の悪気のなさ、無責任な善良さを思いやれば、元気そうにさえ見せなければならない。病者が健康な客を慰めてやることにさえなる。いよいよ疲れる。

死を前にした人は淋しい。未来のない淋しさ、これまで睦みあった人たちから遠ざかる淋しさ、過去も未来もなくなる根源的な淋しさのなかにいる。死にゆく者はそれに耐えている。そんなとき、生きていることをよしと前提するどんなことばも、無効である。元女医は、死出の旅も二人で行きましょう、と語った。動脈瘤破裂、ご自分の病状をよくご存じだったのだろうか。「お供」と言われたが、それでも死は誰かと共にすることはできない。一人だ。「お先に」と、風が吹くように逝ってしまわれた。

この報せをシズコさんに伝えてよいものかどうか。明日にもいのちの限りがくる人に、同輩の死はあまりに切実、人は死を怖れ忌避するもの、とわたしは思った。が、一日考えて、伝えることにした。

「まあ！」

シズコさんはそう嘆息し、ゆっくりと窓外に目を移した。数日前から断続的に降り積もった雪が、垣根の棒樫の緑葉に映えて、目に沁み入るように白く光っている。

「そう」

深く息を飲みこんだ。

「うらやましい」

雪がしんしんと降っていた。すべては、大いなる無のうちに静かに融け入っていく。

梅干し──「あなたが食べているのを見ているのが、嬉しい」

シズコさんは生きていく者を応援する。

病発覚の後、あっという間に食べられなくなった。当初、わたしはシズコさんの前で食べ物の話をしないようにした。まして、食べる姿を見せないようにした。すると、シズコさんは言う。

「ちゃんと食事はしているの？」

「お昼は何を食べたの？」

「何を食べたか、教えてちょうだい」

問われると、わたしはムニャムニャとごまかして、「雨が降ってきた」とかなんとか、話題を逸らした。食べられないシズコさんの苦しみを思いやった。そのつもりだった。シズコさんは、生の世界にいる人は食べなければいけない、と応援する。自分は食べられないが、わたしが飲食するのを共にしたい、と言う。それからは、三度の食事を、おやつを、わたしはシズコさんの前で食べることにした。思いを共にし、ともに生きる。わたしが同行二人していると思っていたが、逆だった。シズコさんがわたしに同行二人している。

わたしは、大きなお盆にご飯、お汁、用意したすべてのおかずを載せ、ベッド・サイドに行く。シズコさんの分はない。シズコさんの目の前で、わたしだけが食べる。夏の頃からずっとそのような食卓である。

「今日のメイン・メニューはこれ！　鮎の塩焼き！　シズコさんの大好きな鮎だよ」

シズコさんはどれほど食べたかっただろう。否、これまでに食べた鮎の味を思いだし、それを食べたさまざまな来し方の場面を思い出していただろうか。

「食べているのを見ていると、どんな味がするだろうか、と想像して楽しい」

「Nさんが、旦那さんが釣ってきたからって、持ってきてくださったの。渓流の天然鮎は香りが違うね。ちょっと食べてみる？」

シズコさんは鮎の塩焼きの香りを嗅ぐ。

「あなたが食べているのを見ているのが、嬉しい」

生きるとは食べ物をいただくことである。シズコさんは、おまえは生きよ、と言っている。

「お汁、飲んでみない？」

一匙《ひとさじ》だけ、シズコさんの口に入れる。

「ああ、おいしい！」

自分はさまざまないのちをいただいて、生きさせていただいた。食べ物に感謝し、生に感謝する。「いただきます」は「ありがとう」である。

シズコさんは朗読ＣＤを聞くのが好きだ。とりわけ、『なめとこ山の熊』（宮沢賢治）をベッドの中で何度も繰り返し聞いている。熊捕りの小十郎は、自分と家族が生きていくために、熊のいのちをいただく。殺したくはないが生きていくためにはそうせざるをえない。わたしたちは他の生き物のいのちをいただいて生きている。生きるとはそういうことだ。シズコさんは思う。自分はいただいたたくさんのいのちを十分に活かして来たのか。恩返しできたのか。来し方のさまざまな場面を思い出し、これまで生きさせていただいた感謝とともに、忸怩《じくじ》たる思いで反省せずにはいられない。そうして、小十郎と同じように、自分のいのちを差し出す時がやって来た。

わたしはシズコさんの思いには至らず、単純だった。

「これは梅干し、シズコさんと一緒に漬けた梅干しだよ。梅干しご飯、大好き。よくぞ日本人に生まれけり、だね。やっぱりシズコさんだ、美味しく仕上がっている。……これからは、一人で上手に漬けられるかなあ」

夏前に一緒に漬けた梅干しを、シズコさんは一粒として食べることができなかった。ただ、やるせない痛みとだるさを緩和しようと、こめかみに張りつけた。

「ああ、いい感じ」

布団から出ている骨ばった顔がほころんだ。

「命日には梅干しを供えてくださいね。仏壇のところから、ああ、おまえと一緒に漬けたなあ、と思うから」

求知心──「飛翔には遠いわたし」

病室にしている部屋の壁に、シズコさん揮毫の書軸を架けている。数日ごとに架け替える。その日、シズコさんがとりわけ共感する歌人・故齋藤史氏の歌を揮毫したものを選んだ。お軸は開かれるのを待っていたかのように、巻物を開くにつれて、薄墨の滲みが端然と輝き出す。いぶし銀のような光沢ある黄の地色である。

シズコさんは声に出して読む。

「飛翔には遠いわたしと　ほんの少し飛べる鶏とが　土にあそぶも」（齋藤史）

条幅はふつうより上下に余白をとり、文字形象は紙面に小さく寄り添う。無力な「わたし」と小さな鶏、二者が穏やかな光の中で共に遊び、同じように地に這い、たたずんでいる。そんな感じのする作品だ。シズコさんがつぶやく。

「〈飛翔には遠いわたし〉……。〈鶏〉はわたしから離れて飛んで行く」

「〈ほんの少し〉だけね。〈飛べる鶏〉と〈わたし〉は寄り添って遊んでいるの。陽だまりのなかで。ほら、ことばの配置と文字の造形が、寄り添っている。でも、ときどきは鶏に飛んで行かれたりするの。〈ほんの少し〉の〈し〉のあたりで、ね。でも、茫然と取り残されてなんかいない。〈わ〉の字がいいね、気宇が大きい。〈わたし〉と〈少し〉と〈あそぶ〉が斜め一直線で結ばれている。呼応しているの。〈飛べる鶏〉と〈わたし〉はつながっている」

書軸は朝の光のなかに映える。

わたしはシズコさんの朝のお世話をした後、自身の身支度をする。それから、その日の仕事の準備や掃除洗濯等々をしつつ、いつものようにシズコさんの様子を気に留め、折々ベッドの方を眺める。シズコさんはずっとお軸を見つめている。そうこうしているうちに、あっという間に二、三時間が経ち、また体位交換の時間になる。シズコさんはわたしの「揺りかご」に身を委ねる。

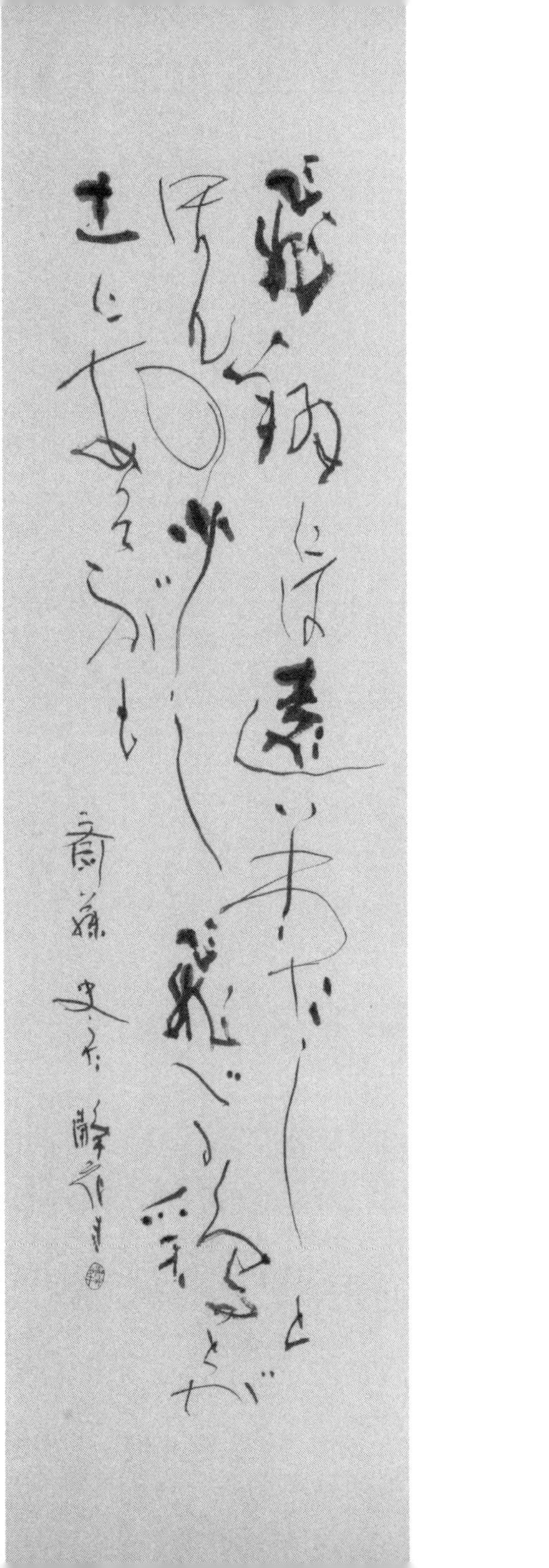

「お軸のことだけど、わかった。さっきからずっと考えていたの。鶴見和子先生のお歌を。〈大いなる宇宙と小さき我が宇宙　同じ鼓動に脈搏つをきく〉　先生のお歌は書かせていただいたのに、上の句をはっきりと思い出せなくて、なんだかとても淋しい気持ちになっていたの」

「〈飛翔には遠いわたし〉の歌と、こころはつながっているね」

「そう、わたしが惹かれたのは〈同じ鼓動に脈搏つ〉こころなんだ、って思ったの」

「条幅の額に入れて、シズコさん、家の玄関に飾っていたね」

シズコさんが筆を持つのは、ことばや歌にためこまれたいのちへの渇望、願い、うごめきなどにこころを摑まれ、自分に表現を迫ってくるときだ。原著者がことばにうち込んだ情動を、それに揺り動かされた自分が、筆によって紙面に文字形象として再創造する。

「〈わたし〉と鶏は、同じ鼓動に脈打っている。ふたりがたたずむひそやかさの向こうに、明るく澄み切った大いなる自然が、同じ鼓動にまた脈打つ」

「そう、互いに結び合い、感じ合い、息づいているの」

「大いなるものに慈しまれている温かさ、優しさがじんわりと伝わってくる書作だと思うよ。シズコさんの書のなかでも、わたしはとっても好きな作品」

「……そうね。昨日は、自分が何にも役に立たず生きていること、こうして生かされていることとに、極度に淋しさを感じていた。でも、目の前のお軸を見て、明るく優しい気持ちになった。飛べる鶏に、思いを重ねるの」

「そうだよ。自然の爽やかな明るさとも、ね」

こんなふうに話しているとき、わたしはシズコさんが重病人だということを忘れる。身動きできず飲食すらできないが、頭とこころは生き生きしている。知らないこと、忘れていることをわかろうとし、知りたいと思い、わかることを楽しむ。何の役に立たなくても、役に立つ当てがなくても、知を求め、こころにハッとする発見を楽しむ。それは、人間の本性としての文化的営為である。シズコさんは生きている。

「……わかったからと言って、わかったことを次に活かす時間はもうないのだから、何の役にも立たないんだけど……」

わたしは、その重い深みに気づきそこねていた。

如何にせん　身動きできぬ我はもや無為の時間を凝視するのみ　（シズコさん　一月の作）

はばたき――「探したい」

「アトリエに行きたい」

ベッドを離れる肉体の力は、もうない。専門家の手を借りても、アトリエまでの二キロを移動するだけで、究極的な身体の負担が懸念される。わたしは現実的だった。

「取って来たいものがあれば、わたしが取って来るよ」

「……」

「何を持ってくればいい？」

「……」

「アトリエに行って、何がしたい？」

シズコさんはしばらくの間の後、静かに言った。

「……探しもの」

わたしはどこまでもおろかだった。

「何を探したいか言ってくれれば、わたしが探して取ってくるよ」

「何とは言えないから、いい。自分で探したい」

シズコさんは、実務的なことを訴えていたのではない。アトリエを思いのままに動き回り、思いのままに羽ばたいていた日々を、思いのまま羽ばたく日々を、「探し」たかったのである。ほかの人が代行できることではない。生者の世界から切り離され、「探しもの」のできる日々は二度と戻ってこない。その、二度と戻ってこない日々を「探しに」行きたかったのである。

シズコさんは自分が生き生きとした生の世界から引き離されていることに、否、活動の世界から引き離されていながら生きていることに、痛切なやるせなさ、無力を感じている。わたしにできることはただ、シズコさんを抱きしめることだけだったろう。

他日、シズコさんは言った。

「今ね、アトリエにいて、仕事をして一日も終わり、さあ、寝室に行って寝よう、と思ったの。ところが自分は、ここにいて、ベッドに横たわっている。夢を見ていた」

意識は、縦横に羽ばたいている。羽ばたきたい、と切望している。

11　幽　閉——どんな生も甘受……………………二月

カラダ——「三十七度のお城」

二月三日　節分

「鬼は外！　福は内」

わたしの豆まきに、シズコさんはベッドの中から参加する。それからわたしはベッド・サイドに行き、一緒に福豆を年齢の数だけつかみ、例年どおり仏さまに備えてお預けする。豆摑みは、この一年の「マメ・健康」を願い祈ること。もはや招き寄せることのできない日々の「マメ」を祈る行事をしながら、シズコさんはどのような思いで豆をつかんだのだろうか。わたしの方は、何をするにつけてもただ、一緒にできるのはこれが最後と、共に過ごすことのできるかけがえのなさをいとおしむばかりである。

日々刻々、日が長くなり陽射しが強くなってきた。

毎日三十七度台の微熱が続く。鎮痛解熱剤は二十四時間稼働のＩＶＨ点滴に配合され、けだるく健常度は極めて低いレベルながら、一定を保っている。毎晩、解熱の座薬を使うことになった。午後になると熱が上がり、そのままでは眠りを得ることができない。

「自分の感覚では、三十七度のお城ができる。そのお城のなかに囚えられて、身動きできない」

病という理不尽が肉体を苦しめ、心身を痛めつけ、身動きできないところに幽閉する。シズコさんは、精神は羽ばたいているのに肉体がついていかない。文字どおり、身動きできない。それだけではない。肉体が動かないことによって、自由を剝奪されている。

自由とは、自分が自分であることを行使できることである。自分の意思を反映した活動ができる、ということ。自由でないとは、自分が自分であるとする自分は死んでいる、ということだ。精神の作用を肉体に反映させることができないならば、それは自分ではない。体・カラダ・空／虚の殻をこの世に晒していることになる。自分が自分であって自分ではなくなる。人生が自由意志のままにならないことは、これまで幾たびもの経験のなかで思い知っている。それでもその度に、シズコさんは乗り越えようとする意志を実行する肉体をもって、「風車」に立ち向かってきた。ところが今は、寸分の身動きも許されず「城」に閉じ込められている。幻の理想「ドルシネーア」を追い求めて自ら動くことはできず、死という「ドルシネーア」を受け身に待ち望んでいる。

「ずっとお城の中にいた」

「今日はお城ができなくて、よかった」

ユーモアさえあることば遣いに、わたしはシズコさんの気遣いを感じる。生者たちのために、自らは受苦に耐え、苦を甘受する、と。

死者たち――「先生　どうしたの？」

夢を見ていた、とシズコさんが言う。

「先生、どうしたの？　と二人がこの家に見舞いに来てくれたの。黒田君と山岸君、梅林小学校に勤めていたときの子。空襲で死んだの、防空壕の中で。六年生だった」

戦前、シズコさんは小学校の教師をしていた。初任の山奥の学校で教えた子らは今も田舎にいて健在、シズコさんを何度も見舞ってくれた。空襲にあったときの赴任先は、岐阜市の中心街の小学校だった。昭和二十年七月九日深夜、B29の襲来で岐阜の街は焼け野原になった。翌未明まで空襲を受け、女・子どもたち武器を持たない無辜《むこ》の民九百余人が亡くなった。罹災者は十万人。地方都市まで次々と空襲の標的にされた、そのひとつ、岐阜空襲である。シズコさんは長女一人（わたしの姉・二歳時）を抱えて逃げまどった。自宅は丸焼けになったが、いのちは助かった。

シズコさんはこれまでにこんなことを語っている。

「あのとき、防空壕にいたら自分も死んでいたと思う。丸焦げになっている人の姿を翌日あちこちで見たから。空襲警報が鳴ってお父さん（夫）は緊急事態に呼び出され、幼な子を抱えて自分一人が家にいた。不安のまま防空壕に潜んでいると、隣家の老夫婦が『防空壕にいてはダメ！』と急かしてくれたの。おかげで生き延びた。老夫婦とは一緒に家を出たんだけれど、途中ではぐれてしまった。お二人がどうなったのか。お礼が言いたい。どうしても言いたい。お礼が言えないまま、今に至っている」

あれから六十余年、幸いにも生をいただくことができたのは、老夫婦のおかげである。彼らの消息は探してもずっとわからないままである。良い人には良い運命が開かれるはずと願いながらも、もしかすると劫火のなかに閉じ込められてしまったのかもしれない、と胸つぶれる思いにかられる。恩返しもできないままにあることを痛切に申しわけなく、負い目を持たざるをえない。生死を分けるのはたまたまであり、六年生だったあの子たちは、あのときたまたま命を奪われた。なぜ自分ではなかったのか。あなたたちが代わって引き受けてくださったのか。彼らと自分の生死は逆であっても不思議ではない。だからこそ、である。たまたまいただいたこの生を、彼らの分まで生きなければいけない。彼らの無念の死に報いる生き方をしているのか。シズコさんはいつもそう思ってきた。

あのときの二人が、あのときの十二歳のままで、今のシズコさんを今のわたしのこの家に、見舞いに来た、と言う。

「『よう来てくれたねえ、大きくなったねえ』と、懐かしいやら悲しいやらで、泣いて泣いて、悲しみの絶頂で、目が覚めた」

生きてやりたいことがいっぱいあっただろうのに、理不尽にももぎ取られてしまった彼らの悲しみを、罪障感のうちに、痛切に感じていたのか。彼らの無念をありありと感じ取り、思いやっていたのか。

自分の人生を感謝をもって振り返るとき、登場したのは空襲で亡くなった担任クラスの子らだった。それとも、シズコさんの魂は、すでに死者たちと自在に往き来していたのだろうか。

顔写真──「いい人生やった」

二月六日朝

「葬儀の時の写真はどれにしよう？　わたしの写真がどこにあるか、知ってる？」

わたしはわざと平然として応える。

「知ってる」

「どれがいいかな？　茶色い服の写真か、水色の服の写真かな」

わたしはシズコさんには内緒で、そのときに慌てないようにと二、三種類の写真を用意してファイルしていた。

「一番新しく撮ったのは茶色の服のものだけど、病気のことを心配している頃のもの。そんな翳《かげ》がある。わたしは水色の服のシズコさんが好き」

「三年前に撮った写真」

病を知らず、穏やかながら意欲に満ちて輝いている。病発覚一カ月前も意欲に満ちていた。シズコさんはこんな短歌を詠んでいる。

「八十路《やそじ》越え　家あり食あり健ありて　何を孵化《ふか》さむ独り温めて」

生き生きと未来に向かって活動しようとしていた。

「若すぎない？」

「そんなことないよ。上着の淡い水色にちょっと濃いイヤリングの水色がとってもいい。シズコさんは水色がよく似合うもの。わたしはあれが好き」

「そうやね、水色の服の写真にしようかなあ。二、三日前からずっと写真のことを考えていた」

シズコさんはかの地に逝くことをばかりを思っている。

「急がなくていいよ。あとで写真を選ぼう」

淋しさがわたしを包み込む。それきりシズコさんは何も言わなかった。

ヘルパーさんが来た。その間に、わたしは急いでマーケットに買い出しに行く。

「入歯洗浄の錠剤、買ってきたよ。一〇八個入り。一日一個使うから、三カ月だよ」

店頭にははるかに少ない個数のものがあったが、わたしはどうしてもたくさん入ったものを買いたかった。シズコさんはかすかに微笑んで、何も言わなかった。

「長く生きているのも、つらい」

目はそう言っていた。わたしは、静かに見送ってあげなければいけない。

数日後

シズコさんは、臨終はどのように訪れるのか、と往診の医師に問う。

「きっと眠るように、だと思いますよ。だんだん眠る時間が長くなっているように、今よりもっと長くなって、そうして往くのだと思います」

まことにシズコさんはこのごろ眠る時間が多くなった。体位を交換するときに目を覚ますが、しばらく話をすると疲れて目を閉じる。一、二時間ほど経って目を覚まし、またしばらくすると目を閉じる。

「ほんとの、ほんとは……いい人生やった、と思う」

往診の医師は返すことばを探す。

「最期をご自宅で娘さんと一緒に暮らせるということは、すばらしいことです」

「温情ある周囲の方に恵まれて、幸せな人生だった、と思います」

意義ある死——「きさらぎの望月に」

「三月十五日ころ、逝けるといいな」

「西行に倣《なら》って、『願はくは花のしたにて春死なむ　そのきさらぎの望月のころ』なの？」

「そう。三月に社中展がある。それが終わったら、自分が手がけたものはすべて、見届けて逝くことができる」

余命三カ月と言われてから六カ月を過ぎ、思いがけず年を越した。飲めず食べられず起き上がれず、常住ベッドに貼りついている。

「こうして意識がはっきりしていて、頭だけ働くのも良し悪しだ。立ち上がることもできなくて寝たまま。何も自分でできない。やりたいこともできずただ寝ている。日記を書きたい、と思っても手が上手に動いてくれない。自分でも判読できないメチャクチャな字しか書けない。書くとすぐ疲れる」

「なにもかもわたしに話してね！」

「そう、話しておかなければならないことがまだ残っているんじゃないか、と思い巡らしている」

とはいえ、息切れして、思いどおりには話せない。

シズコさんは、生きている以上、生きる意義が何かあるはず、天が与える使命があるはず、と思う。これまで、家や家族、夫や子どもそしてお弟子など、そのときどきの局面にあって、その人たちのために生きてきた。最後の書作に文字通り必死に取り組んだのも、周囲の人たち、そして自分というものを育てた父祖や師、巡りあった多くの人たちへの使命感からだった。自分のためだけならば、苦しみを押してまで取り組む、なんてしない、できない。もういいや、となる。誰かのためと思えばこそ、極限的な病状を押しても取り組む。

シズコさんは考える。自らの身体で何事も為すことのできない無為を生きながら、それでも生きている、生かされているということは、何かしらの使命が自分にまだ与えられているのではないか。それはいったい何なのか、と。

主宰する社中の展覧会は、二年に一回、三月に開く。第九回目のこの度の開催は、病発覚前から決まっていた。お弟子の発表作品に対しては、ベッドの上からも指導してきた。主宰の自分が指揮をとれないなか、お弟子たちは粛々と懸命に開催準備をしている。自分が生を与えられているのは社中展のためではないのか。あと一カ月である。

「それ以上は、生きているのが苦しい」

わたしは、シズコさんが肉体の痛みやだるさだけでなく、何ごとも為すことができず生かされている無為の苦しみに、日々いっそう葛藤していることを、感じとっている。わたしはシズコさんの身体になり代わることはできない。代理も援助も支援もできるが、それはシズコさん自身の活動ではない。人は、絶対的な「一人」を生きている。わたしのできることは、共感だけである。

「そうだね、苦しいね。見送るよ」
シズコさんは安心したような顔をした。

新生──「自分は他界する」

わたしはもう、シズコさんを引き止めない。甘えてわがままを言わない。シズコさんは自分の旅立ちをわたしが受け容れるのを、ずっと待っていた。初冬のわたしの誕生日を一緒に迎え、お正月を一緒に過ごしてくれた。わたしのために生きるという使命感を持っていたのだろうか。もう果たし終えたよ、と言ってあげよう。それでも、「余命三カ月」をはるかに過ぎた今も、身動きできないながら生を与えられているのは、お弟子のために生きよ、とのことなのか、と考える。社中展は三月十三日に終了する。この年の太陰暦きさらぎの望月は三月十五日。きさらぎの望月は、願いが充ちる円満具足を意味する。

西行は、「桜の下にて」、満開の桜の下で、桜の花吹雪の中、敷き詰める花に埋もれて、逝きたいと詠った。そうして願いどおり、「そのきさらぎの望月のころ」に逝った。今日の暦では三月三十日だったという。天空の青に音もなく咲きにおう満開の花びら、花吹雪に包まれ我を忘れる。

大気宇宙に没入し一体となる。まさにその瞬間、風に舞い散る花びらのように宇宙に融け入って、逝く。

シズコさんは「きさらぎの望月」に逝きたいと希ったが、西行のように、大気宇宙と一体になる幸せを夢想したのではないだろう。その前に、病床六尺の苦しみから自分を救い出さねばならない。生の世界から引き離されている自分を、その不如意のみじめさから救い出す。

「春までは生きていたくない」

シズコさんは、自分の手がけてきた社中展が終わるまでは幽閉生活に耐えてみせようと意志する。だが、爛漫の春、芽吹きを越えて青葉は茂り、ものみないのちの勢い満ちる春四月、外気が躍動のときを迎え、活力に満ちるとき、あらゆる活動を終えて為すすべを失った自分だけが、ベッドに貼りついている。活動の世界から一人取り残される。そんな悲惨は避けたい。

「誕生日まで生きてくださいね」

見舞客がそう言い残した夕べ、シズコさんは決然と言い放った。

「自分の誕生日まで生きるつもりはない。誕生日は、自分の意思とは関係がない」

「天国へ行ったら、お父さんやお母さん、ご主人に会えますよ」

見舞い客が帰ったあと、シズコさんはまた、静かにきっぱりと言う。

「自分は、天国には行かない。他界する」

シズコさんはこう言いたかったにちがいない。

「わたしはあなたたちの直ぐ傍にいる。はるか遠くの手の届かない別世界に行くのではない。現世ではないが、あなたたちと隣り合わせたもうひとつの世界に行き、そこに住まうのだ」と。

仏教の考えは輪廻転生である。六道を輪廻する。他界して人間界を立ち去り、生まれ変わって他の生存領域に行くのである。

またシズコさんは言う。

「他界には他界の新しい世界があるはず。これまでの人たちに会いたいとか、会えるとか、とは思わない。まったく新しい世界、他界で、まったく新しい出会いをする。自分の魂は、縦横無尽に新しい世界を飛びまわる」

この世にあって活動の春を迎えるのではなく、他界において爛漫の春、活動の春を迎える。他界でスタート台に立つ。他界にあって、爛漫の春と一体となり、活動の日々を送る、と言いたかったのである。ハタと思う。シズコさんは、他界は無だ、と言ったのではないのか。「新しい世界が始まる」とは、自分の現世の世界、自分が生きて活動する世界は終わる。決定的に終わる、ということの別の謂《いい》だったのではないのか。

他界とは、死者にとってではない、おそらくは、生者にとってである。死にゆく者が魂の世界を信じるとは、残ってこの世に生きる者たちが、その心で、この世を去った人の精神を受けとめ生かしていくことを信じる、という別の謂ではないのか。

魂がどこまでも制限なく羽ばたくとは、生者の誰かが自分のことをどのようにも思い出し、あるいは少しも思い出さない、どのようにも受けとめ、あるいは何ごとも受けとめないことについて、制限がない、制限する力を死にゆく者は持たない、ということではないのか。自分の思いも、その思いを実現していく力もまったく及ばない世界に行く。それを、痛切に受けとめた果てのことばではないのか。

シズコさんは、生き残る者の体《てい》のいい慰めやズラシに、ごまかされようとしない。死という虚無・虚空を直視する。その潔さにわたしは打ちのめされる。おそらくは、死を怖れている者よりずっと痛切な淋しさに包まれている。先逝った人たちに会える、会おう、などとは思わないとは、おそらく、それはありえないからだ。死は終わりである。その淋しさと闘っている。生きているものの心に自分の精神がどのように生き延び、受け継がれていくのか、それを無償のオプティミズムで信じる。それだけである。

わたしは、生き残るわたしは、シズコさんの魂をしっかりと受けとめなければならない。

シズコさんは病床で夏目漱石の小説『こころ』の朗読CDを何回となく聴いている。ことに下巻の「先生」が「青年」にあてた遺書の部分である。

「ただあなただけに、私の過去を物語りたいのです。あなたは真面目だから。あなたは真面目に人生そのものから生きた教訓を得たいと云ったから」

「(わたしが自分の過去を語ろうとするのは) あなたが無遠慮に私の腹の中から、或る生きたものを捕まえようという決心を見せたからです。(中略) 私の鼓動が停った時、あなたの胸に新しい命が宿る事ができるなら満足です」(『こころ』下の二)

シズコさんは、話す力も微弱になりながら、それでも話そうとする。早晩訪れる自分の肉体の消滅とともに自分の過去が消え去ることを淋しく思っているのだろう、と初めわたしは思った。そんな脆弱なセンチメンタルからではなかった。自分の人生における悔いや反省、それらを受け止め次に活かすのは、生きている者、次なる世代のおまえたちである、とバトンを渡そうとしているのである。死は生というが、その反転を為し得るのは、死にゆく者ではなく他者、託された生者である。

シズコさんが小さな声でつぶやく。

「おまえはこれから、誰と一緒に旅行に行くのだろうねえ」

衰弱の極みにあってなお、わたしのことを思いやる。わたしはシズコさんと行く旅が楽しかった。わたしはシズコさんのつぶやきに沈黙するばかりである。

「自分はもう、おまえに何一つしてあげられない。祈ること、それだけしかない。でも、それはできる。仏壇のところから祈っているからね」

悟り――「どんな生も怖れない」

シズコさんは言う。

「〈あなたは明日死にます〉〈あなたは明日も生きます〉の、どちらがしんどいか、落胆するか、と言えば、今は後者だ」

「現時点では、何が起ころうと〈生をおそれないこと〉と思っている。ただ、〈あなたはこれから一年、生きます〉と言われれば、ドカーンと怖い。〈死にますよ〉より〈生きますよ〉の方が怖い。……〈四月一日に死にますよ〉と言われたら、ちょっと長いな、と思う。

今の理想は三月十五日」

社中展を見届け、爛漫の春が訪れる前、それが「三月十五日ころ、逝けるといいな」である。

「いつでもどんと来い、と思って度胸を決める、と思ったり……」

シズコさんがこう言ったとき、わたしは、死の到来に対して「どんと来い」なのだと受けとめた。それ以上だった。無為の生を生き続ける重みに、立ち向かっていたのだった。

シズコさんは言う。

「禅宗の人が悟りを開くとは、どんな死をも恐れない、ということかと思っていたが、そうではない。死を怖れないのではなく、どんな生をも怖れない、ということだと子規が言っていたが、それがわかった」

「子規は　亡くなる二日前まで書いている
余は今まで悟りとは如何なる場合でも死ぬることか　と思っていたが
悟りということは如何なる場合にも平気で生きることである、と
ホトトギスにある

禅宗の人が、悟りを開くとはどんな死をも怖れないこと、と言ったが
〈死を怖れない〉のではなく

〈生を怖れない〉ということ
〈死ぬこととは生きることと見つけたり〉

生きることの方が、いざとなったら、難しく、怖い

禅の悟りとは
死にたくてたまらないのに、それでも生きる、ということ
そのことの方が怖い
もう何も役に立たないと思ったら
それでも死ねないのは、怖いこと
生きることは、辛いこと

おヒマがもらいたい
生が怖い
これを超越するのが、悟り、なのかと考えた

自分ができること、それが
まだあるのではないかと思って探したり……

生＝死
死＝生
現実は生きている
今までの生きてきた過去は死んでいる
死によって、それが逆転する

今まで生きてきたことは、消えない

死の世界を生きる
死の世界は無だから
何が起こるか分からない

死の世界が有ると思いたい

過去は消える」

（二月二十日　シズコさんのメモ書き）

死ぬことの怖れと不安はある。それでももっと怖れているのは、「無為という、生きながらの死」である。自分の意思を自分の身体をもって何事も実現できないまま生きながらえている。それをいかに受け止め、生きるか。それと格闘している。どんな生をも怖れず受け止めよう、と懸命になっている。

「寝たきりになってもできること、それはなんでしょう。それは、微笑むこと」

シズコさんは十数年も前にそんなことを言っていた。今、それを実践している。自分では何もできなくなり、ただ横たわっているばかりながら、人間としての尊厳を死ぬまで保持しようとしている。肉体的に苦しく精神的に辛く淋しい。その極限的なときにあってなお、相手を想い、にこやかにしている。それがどんなに難しいことか。どんなに苦しいときも、耐え難いときも、病人にありがちな不平や不快、健康なものへの嫉妬まじりの表情を、シズコさんは見せたことがない。いつも微笑んでいる。

はっと気づく。仏陀は微笑みをたたえながら、実は人一倍煩悩に苛《さいな》まれていたのではないのか。

苦しみと闘っていたのではないのか。この世を去ることは辛く悲しく淋しい。だが、死は未知の世界。未知の世界を楽しもう、と思おうとしている。それはしかし、死と死の瞬間を客観視することによって、そこから越え出ようとする知的な営みである。それは、自分で何事もできずただ肉体の苦しみに耐えて生きていることに、疲れ果てていることを意味しているのではないのか。

「見送るよ。いつでも同行二人だ」

シズコさんは微笑んだ。わたしは、シズコさんのベッドにしばらく一緒に横たわる。そうしてシズコさんの身体にそっと手を回す。病気発覚以降、日々刻々、シズコさんと一緒に歩み、一緒に経験し、一緒に感じてきた。わたしは、最期の瞬間も一緒に感じ体験していたい。だが、あの瞬間だけは、一緒に体験することができない。あの瞬間を境に、生と死に、住む世界はくっきりと裁断されてしまう。そのとき、シズコさんはわたしたち生者からはるかに遠ざかり、わたしはシズコさんのいるところから永久に突き放され、同一体験と思っていたことは錯覚にすぎない、と放り投げられるのだ。

「こうして、くっついているの」

「子どもに抱かれて、うれしい」

シズコさんはわたしの顔に手をやり、頰をなでて言う。

「やわらかい肌をしている。五十いくつ（の齢）とは思えない、まるで子どものような肌だ」

シズコさんは泣いている。

「あなたが、五歳の頃のおまえにみえる」

わたしの顔をじっとみつめて言う。シズコさんの眼に、新しいいのちをいただいた五歳児のわたしが映っている。わたしは、五歳児のわたしは、毎朝シズコさんの布団にもぐりこみに行った。おぼこで、甘えん坊だった。

つぼみ――「二度とこういう時間は訪れない」

お弟子が見舞いに来た。大きなお腹を抱えた臨月を迎える身重である。未来ばかりを持つ者は、消滅を前にする人への想像力は乏しく、明るい。

「仕事の方が産前休暇に入ったので、わたし、一番に先生のところにやってまいりました。この子が生まれたら育児に振り回されて、しばらくは書のお稽古ができないと思うんです。今が一番時間の取れるとき。先生、だからわたし、毎日何時間も書のお稽古をしています」

「大きなお腹でよくやるわねえ。あなたはエライ」

「先生の薫陶を受けていますから」

シズコさんは微笑んだ。

「わたし、次はどうしても特選を取りたいと思っているんです。先生のご指導を待っていますから、必ず、必ず、必ず、よくなってくださいね」

シズコさんはそれには応えなかった。ベッド脇の椅子に座る若いお弟子に手を伸ばした。

「触らせてね」

お弟子の大きなお腹に手をあてる。

「自分にはもう二度とこういう時間は訪れない」

シズコさんの手は、はち切れるようにつきでたお弟子のお腹にあり、胎児のうごめきを受けとめていた。いとおしむように何度もなでる。

「自分にはもう二度とこういう時間は訪れない。それでも、新しいいのちは生まれ、人々の営みが続けられていく。そう思うと、これまでの、誇るべきほどのものを何一つ持たぬ来し方人生の、愚痴も悔恨も悲しみも、それらすべてを肯定したい気持ちがうち寄せてくる」

つぶやくような声で言う。頬から涙が一筋流れた。

たとえ生まれ変わりがあろうとも、もう二度とこの自分はこの自分として、この地上に生を営むことはない。自分の足で立ち、自分でご飯をたべる日々から遠ざかって数カ月、自ら活動できる日々は終わった。床の中で、頭の中で何を思おうとも、願おうとも、自分の意思を自ら展開できる肉体はもはやない。

「ありがとう。ありがとう、わたしの人生」

むろん「わたしの」に力点はない。たまたま何十億分かの一の巡り合わせで、このわたしという個体をもって生をいただくことができた感謝の念が、もはや微動だにできない肉体を突き動かしていた。

初春のやさしい陽射しが庭に射し込んでいる。梅の小枝は薄紅色の小さなつぼみをびっしりとつけ、かすかにふくらみをみせていた。末期の眼に地球は眩しく輝いている。

12 飛翔——春風に舞う……………三月

花びら——「もう短い、胸キュン」

高栄養点滴ＩＶＨはすでに五カ月になる。初めは十二時間点滴、すぐに二十四時間稼働になり、生命維持を点滴にのみ頼っている。そうして今や、栄養の処理能力の低下が推測され、輸液量を少なくすることになった。生命維持のギリギリの量をできるかぎり少しずつ入れ、身体の負担を少なくする。二月初めに導入となった酸素は、二週間ほどで流量を上げ二・五Ｌとなった。腹水は、一月中旬を最後に、抜けなくなった。十二回に及び、合計二万四千 cc 抜いたことになる。前後して、胸水が溜まりはじめた。水に溺れながら息をしているようなものらしい。ベッドの頭の方を上げ、胸水が下にいくようにする。が、腰を折った状態はお腹の塊のせいでしんどい。かといって、ベッドを平らにすれば肺が溺れて息苦しい。三十七度台の微熱が続く。夕方になると熱はさらに上がり、眠りのために座薬の解熱剤を加える。静かな部屋に酸素吸入がシューシューと音を立てている。

「もうだんだん、生きている時間が短くなったなと思うと、胸がキュンとするね」

この日、午前に訪問看護、午後はお弟子さんが来訪し、シズコさんは疲れて眠った。夕方四時に目を覚まし、短歌をつくる。日記のように詠んできたに過ぎないが、二十余年欠かさず、短歌結社の月刊会誌に出詠してきた。締め切りまでには日数があるが、できるときにつくらなければ、出詠が危うい。わたしは清書を手伝う。これが最後の出詠になるだろう。

「わが花びら
病床六尺六カ月　眼《まなこ》つむれば八十余年
昭和初年　東京の子はワンピース　われは花柄メリンス着物
わが生のかたちにゆらぎ加えうる　身体のちから遠のきてはや

わがいのち　心のままにならずして　わがいのちなりや　生きるも死ぬも
きさらぎの真如の月に照らされて　わが花びらは夢に舞い舞う」

「しばらく明るいところにいようかな」

「音楽をかけようか」

「本を読もうと思ったけど、やはり止める」

「五時になるから、眠る準備をしようか」

「そうしてもらうわ」

お顔拭き、うがい、マッサージ、手湯足湯をすませ、それから二人で一緒にお経を読む。わたしはお仏壇の前に座り、お灯明をたて、お香をたき、おりんを鳴らす。シズコさんはベッドのままに唱和する。シズコさんは言う。

「般若心経を読み、観音経世尊偈《せそんげ》を唱えるころになると、いつのまにか光り輝く光背のなかに弘法さまが現れ出てくるの。不思議だけど」

御心経は悟りを促す経、世尊偈は救いの経と言われる。どんな苦難に遭おうとも観世音菩薩の力を念ずるならば、苦難は彼方に消え去っていく、と詠われる。だが、菩薩さまはどこか見知らぬ彼方からわたしたちに手を差し伸べてくださるのか。菩薩はわたしたち自身の内にある。自身の力を念じて引き出し恃《たの》むのである。弘法さまが出現するとは、苦難を乗り越える力が自身のなかに湧いてくる、ということの映像化なのだろう。

読経を終えると、日中の時間は終わりとなる。

「眠っているときが、一番幸せ」

目を開いてアクティブ・ライフを思念することに疲れ、内なる菩薩の下に眠りたくなっているのだろう。究極の眠り、それは死である。それが一番の幸せ、とシズコさんは言ったのではないのか。身体の自由をまったく奪われて存在していることの苦しみを思いやる。

「西行がキサラギの満月の下で死にたいといったという
同じトキが　もう目の前に迫ってきた。
わたしはその前後に死にたい。なんとなればそれ以後は　生きる意義が感じられなくなる。
敢えて探せば出てくるだろうが、くたびれた。死ぬ意義でもよい、何でもよい。この世に生身を曝すイギがほしい。生きることも死ぬことも、イギがほしい。

死ぬことにイギがいりますか。あるでしょう。わたしはほしい。
わたしがここから、否、家から消え去ることにもイギはなければならないのです。
(中略)
わたしはキサラギ満月の折に逝きたい」
(二月二十三日　シズコさんのメモ書き)

二月は厳しい日々だった。
死は未知の世界。早春は、未知の世界が豊かにひろがる兆しをもたらす季節。そのときには自分も未知を生きる、とシズコさんは願っている。死によって、生と死は反転する。死にあっては死が現在の状況、であれば死後は死を生きるということになるのだろうか。だが、死を生きる者は己れではない。己れを知る者の中で生きる。

二月二十八日
発熱三十八・五度。左腹痛。今までにない激しい痛み。いつもの鎮痛剤、解熱剤を使っても治まらない。すぐに往診をお願いする。酸素流量を五Lにあげる。夜九時、初めてアンペック(モルヒネ)を使うことになった。その夜は、薬のせいだろう、体位交換をしても気づく様子がない。

さらに厳しい日々、三月が始まった。

翌朝三月一日、シズコさんは言った。

「死の淵をさまよい　これにて、と思いしも　翌日眼が開き、やっぱりよかった!」

「望めば希みはあるもののキリはなし　これにて了と思い切るのみ」

声涸れ――「……」

その夜
わたしはいつものように体位交換に起きる。シズコさんが何か言う。聞き取れない。声がかすれ、息ばかりになっている。

「なんて言ったの?」

「……」

「ごめん、もう一度」

「……」

「お身体動かすよ」

「……」

どうしたの⁉　これまでずっと、身動きはできなくともシズコさんはお話ができた。夜中に二度三度と起きて体位交換するのも、わたしは精神的にはちっともしんどくなかった。シズコさんと共に時を過ごしているという一体感のなかにいることができた。ところが今、シズコさんの声が聞こえない。わたしはシズコさんの傍にいるのに、目の前にしているのに、遠く引き離され、見えない壁に隔てられている。どんなに手を伸ばしても届かないところにわたし一人突き放されている。淋しさが押し寄せる。わけのわからない怒りのような悲しみ。

「どうして！」

心の中で叫ぶ。ことばは人をつなぐ。これまでは、立ち上がることも身を動かすこともできず終日横たわっていながらも、シズコさんははっきりとした口調で話をした。その会話に、わたしは健康だったときと変わらぬシズコさんを感じ取っていた。今は、懸命に話そうとしているのに、声にならない。聞き取れない。シズコさんがどこか遠いところ、わたしの手の届かないところに行こうとしている。うろたえた。

数日後、三月五日

眠りの間に目覚めるという状態が続く。それでも、目覚めているときの目は、いつものように輝きがある。夕方になって、また一段と状態が悪くなった。夜、胃液排出の胃管を流れる液が真っ赤だ。胃部が出血しているのだ。

「昨日より、しんどい」

わたしは為すすべがない。シズコさんは眠りの合間に目を覚ましながら、ずっと目をつむっている。訪問看護師が来た。体温、血圧、酸素のバイタル・チェック。そんなことはわたしでも誰でもできる、と八つ当たりしたい思いにかられる。帰り際、看護師は死後処置のことを告げ、最期の衣装を準備するようにと言外に言い置いた。

旅立ちの衣装は、お仏壇下の引き出しに万端整えてある。四国巡礼のときの浄衣を着る、とシズコさんはすでに告げていたから。それでも、お遍路さんの白い浄衣の下に、何を着せてあげようか。

「何着る?」

「自分でタンスを探したいが、起き上がることができないので、頭で考えておく」

一緒に考えるのがよいと、ものの本に書いてあったので話したが、そんなことを言ってよかったのかどうか。考える力もしゃべる力も極少になってきているときに……。

「三月十五日ジャスト（に逝くの）がいい」

シズコさんは主宰する社中展の終わる三月十三日を待っている。それを目前にするまで生き延びてきた以上、自分の役割をすべてやり終えて逝く、と意志している。それが、きさらぎの望月だ。

わたしはタンスを探しながら、いくつかの着物に眼がとまる。

「これ、着ていく？」

千筋模様の江戸小紋、粋で明るい色合いの着物である。

「おばあちゃん（シズコさんの母親）のおみやげに、持っていく」

「そうだね。持っていってあげて」

祖母は無類の着物好きだった。果たして、あの着物は、おばあちゃんがシズコさんのためにこしらえたものなのか。シズコさんが贈ったものだったのか。

わたしはシズコさんのベッドに潜り込む。小学生のとき、毎朝シズコさんの布団のなかに潜り込みにいったように。

「わたし、小学生になっちゃった」

「しゃべれないのが、じれったい」

シズコさんがやっとのことでこう言う。声が出ない。

「シズコさんがしゃべれないなんて、嫌だ」

わたしはシズコさんの顔に近づき、駄々っ子のように言う。シズコさんはわたしの顔を両手でそっと包み込むように抱き、笑みをたたえている。

今や、あるがままを受け容れるほかはない。無常が人間の条理である。逆縁ではなく、親が子に看取られて逝く、これは条理である、とわたしに諭している。自分は死を、従容として騒がず心静かにしっかりと受け容れる、と微笑んでいる。だが、おまえは生きよ、生きなければならぬ、と叱咤している。いつも同行二人、と一緒に歩んできたつもりが、おまえは違う、付いて来てはならぬ、と生の世界に厳しくわたしを突き返す。

「一緒にくっついていたいが、熱い、重い」

「熱いね、重いね」

シズコさんは目をつむっている。わたしはベッドをそっと出る。

「お経を読むよ。声がしんどかったら、わたしが読むのを聞いていてね」

毎夕、一緒にお経をあげる。今夕は、般若心経の途中で声が聞こえなくなった。これまで、どんなに息が苦しそうなときも、シズコさんの読経の声が失せることはなかった。途中から声を合わせるかしら、と願いつつわたしは読み続ける。次に読む観音経世尊偈は長い。どんな苦難も、観世音菩薩が幸いへと変えてくださる、という六百字のお経である。シズコさんが好きな経文。シズコさんはいつまでも唱和しない。もしや、息絶えてしまったのか。わたしの胸は張り裂けそうだ。「お念仏のうちに往生」ならば、それはそれでいいではないか、とわたしは自身に言い聞かせる。耳はシズコさんの声をとらえようと研ぎ澄ます。が、声は聞こえない。「どうしたのか」と妄念が行き交い、経を読み間違え、つかえてばかりしながら、ようやく読み終える。わずかの間をおいて、シズコさんの息ばかりのかすかな声が聞こえた。

「ありがとう」

シズコさんは息が続かなかったのだ。

「わたしこそ、ありがとう」

往診の医師はわたしにこう説明する。

「声涸れは、全体的体力の低下にともなってあらわれる症状。声を出すのは、健康な者にとってはさほどエネルギーを消費しているとは感じませんが、相当エネルギーを使うものなのです。声涸れは、身体がその消耗を抑えようと自然にブレーキをかけている症状です。根本的な対処は輸液の栄養を高めることですが、その反動の方が心配されます。栄養状態の変化に体が対応できなくて、どのような変化を起こすか。その方が、声が出ないことより心配です」

出口なしの落胆を感じながら、わたしはもうひとつ質問する。

「足のむくみがひどくなっているのですが、輸液の量を調節する必要はないでしょうか。足を高くしても、今までのように浮腫が引いていきません」

「水分量を絞るのは賢明ですが、配合している沈痛・誘眠薬の濃度が高くなると、呼吸抑制に拍車がかかる可能性があります」

浮腫の対処を優先すれば呼吸抑制を招き、呼吸抑制を避ければ浮腫は避けられない。輸液の栄養を高めれば体の負担ははかりしれなく、体の負担を最小にすれば声涸れは避けられない。もはや打つ手はない局面に至った、と医師は暗に告げている。これまでの処方の下にあった状態を第二の自然とするならば、その自然のなりゆくままにするのがよい、と医師は言外に言っている。

見送る時が来た。シズコさんは、自分が為してきたことの完成を待ち、シズコさんの死をわたしが受け容れることを待っていた。そうして、どんなに苦しく自由を奪われた幽閉状態にあろうとも、変わらず自分らしく生きるという唯一にして最大の「贈り物」を届けようとしている。わたしは抜かりなく見送ろう。

「ここまで生きてきたのだから、社中展を見届けようね」

「自分も、そう思っている」

この期に及んでは、社中展を見届けて逝くと、シズコさんは固く意志している。

「今日は何日？」

「三月七日。あと四日で社中展だよ」

シズコさんは毎日、日に何度も、今日の日にちを問う。ギリギリの状態で生きている。

あくがれ——「起きあがりたい」

翌日
眠る合間に目覚めている、といった状態で、シズコさんはほとんど眠り続けている。

「一日中、なんにもしない」

生きて呼吸しているだけでも大変な病状だというのに、自虐的にこう言う。これまでなら、常住ベッドの中でも、考えたり、メモを書いたり、話をしたりしていた。

お昼三時頃、「ピポパ　ピポパ」と「よべーる」が鳴る。緊急事態が起こったのか。

「呼ぶベル」という意味でネーミングされた介護グッズ。シズコさんがベルを押すと、わたしの方でピポパと鳴る。家の中はもちろん、庭先十メートルくらいの距離なら電波が届く。ゴミ出しに五分ほど家の外に出る時も、「よべーる」とケイタイを持ってわたしは動く。シズコさんの枕元には、ケイタイと「よべーる」、それから手鳴らしの鈴がある。それでも昼間に、シズコさんが「よべーる」を鳴らすことはこれまでなかった。開け放した隣室からベッドサイドに行くと、シズコさんはひどく驚き、落胆した様子で言う。

「今、起き上がろうと思って身体を動かそうと思ったら、動かない。ベッドの柵につかまって起きようと思っても身体が動かない」

これまではや五カ月余、病床六尺を這い出ることはできず、そこだけが居住の場となっている。眼だけが、書軸を、生け花を、庭の木々や間近に見る里山、はるかの山々を、そして月を捉えていた。視線の広がりはあっても、歩くことはおろか、その場に立ち上がることさえできず、身動きならずベッドに貼りついて百五十日になる。

「起き上がりたい。……歩きたい」

わたしは電動ベッドの頭部をほんの少し上げ、わずかながらシズコさんの体が起きた姿勢になるようにして、言った。

「ずっとこうしてきたよ」

「ベッドにくっついてばかりいるから……」

「起きあがりたいね」

シズコさんは、「夢は枯野を駆け巡る」と、駆け巡ることへの飢餓感に包まれている。否、駆け巡っていたのだ、想念の中で。現実世界で身を動かそうとして、驚いた。身は動かない。魂と身の遊離はあるのだろう。思いの強さのあまり、魂は身から離れ出る。「あくがれ」。憧れて魂は別のところに飛んでいき、そこを住処とする。魂が飛べば肉体も共に飛ぶ。シズコさんの魂は元の身を離れて、意思のままに自由に駆け巡ることを許すところへ飛んでいたのか。


その夜三時半。ピポパと「よべーる」が鳴る。

いつものように、二十二時、二時と一時間ほどずつ、「揺りかご」やマッサージのお世話をした、その直後である、まだ三十分も経っていない。飛び起きた。わたしの身はもはや、いつも緊急事の即応態勢となっている。

「ピープーと、大きな音がした」

「そう、怖かったね」

吹きすさぶ風に身を持ち去られ、魂だけが置き去りになり、自分の身が自分ではなくなる、そんな分離の恐怖だったのだろうか。肉体を持ち去る恐ろしい風に抗して、声をあげた。身と魂の分離は、あやういところで、とどまった。

「手を握ってちょうだい！」

「いつもそばにいるよ、わたしはここにいるよ」

昨日シズコさんは、隣におじいさんがいるかと思って、手探りしてみたけど、いなかった」

「今日もね、隣におじいさんがいるかと思って、手探りしてみたけど、いなかった」

昨日シズコさんは、おじいさんと一緒に寝ていた、と言った。父親がわりだった祖父（わたしの曾祖父）である。五十年弱前に自宅で看取り見送ったその祖父が、ベッドに一緒に並んで寝ていた、と言う。シズコさんを迎えに来たのだろうか。

「今日は、おじいさんがいなかった」

シズコさんはもう、生者の世界を離れて死者たちとともにいる。

今夜はわたしが、おじいさんに代わって、一緒に寝よう。シズコさんの布団のなかに入り込んで、一時間ほども話をした。

「食べてみたいなあ、と思うものはね……」

「食べられないで、ずーっと来たものね」

シズコさんはもう四カ月以上何も食べていない。

「ごちそうを食べたい、とは思わないの。頭に浮かぶのは、日常的なものばかり。ごはん、梅干し、味噌汁、夏のそうめん……」

一語一語、姿や味覚をかみしめているようだった。食べ物のことを思うのは生の世界に気持ちが向いていているのだろう、とわたしは勝手に思い込み、嬉しかった。

「あと一日で、社中展が始まるよ。留守番の人に来てもらって、ご名代で顔を出してくるね」

「着物を着ていく?」

「シズコさん愛用の、黄八丈を着て行こうかな」

「雀の帯を締めるといい」

「どこにある?」

「タンスの上の箱の中」

「みんながわたしをシズコさんだと見間違えるよ」

朝の四時半まで、ささいなことばかり話していた。もっと重要な話があったような気がする。

花の下——「かいてき」

社中展が始まった。翌日、主宰者のご名代として、わたしは会場に出向いた。シズコさんをもっと喜ばせたくて、シズコさん愛用の着物を着る。

「行ってくるよ」

窓からは春の光が射し込んでいた。シズコさんはベッドから、光を背にしたわたしの着物姿を、まぶしそうにいつまでも見つめる。

会場に着いてまもなく、留守番の人から電話がかかった。

「すぐに戻ります」

呼び出しがかかるのは、初めてだ。

「羽衣　春風に舞う」

ある人がシズコさんの運勢をこう言ったことがある。本当に、春風に乗って逝ってしまうのだろうか。

家に着くと、シズコさんは起きていた。

「ありがとう、待っていてくれて」

シズコさんはにっこりと甘えるような眼をした。わたしは、展覧会場の様子、作品のこと、お弟子や会場に来ていた人たち、友人知人の様子を伝えた。シズコさんの役に立つことができた、とわたしは自己満足していた。シズコさんは明るい眼をして、わたしをずっと見ている。二時間ばかりのわたしの不在が、シズコさんの代理を果たす用のためとはいえ、不安をかきたてたのだろう。

「明日はどこにも行かない、ずっと家にいるよ」

シズコさんは納得したような、安心したような表情を見せた。

「疲れたでしょ。眠ろうか」

シズコさんは応えなかったが、目を覚ましてわたしの帰りを待っていたのだから、眠って早く楽にしてあげなければいけない、と思った。

しばらくして午後七時、ベッド・サイドに行く。

「起きてる?」

近づいて耳元で話しかける。シズコさんがかすかな声でなにやら言った。声涸れし、息ばかりの声。聞き分けられない。口元に耳を傾けるが、聞こえない。口元の動きをじっと見つめる。が、わからない。

「きさらぎの望月、って言ったの？」

「き　さ　ら　ぎ……」

「きさらぎの、何？」

「き　さ　ら　ぎ、……」

シズコさんは、きさらぎの望月を指折りするほどにして、待っている。その声はほとんど息ばかりで、聞き分けられない。どうしたらいいのか、どんなことばを返せばいいのか。動転した。

「明日は十三日、社中展の最終日だよ。次が十四日、お釈迦さまが亡くなった涅槃会、その次がきさらぎの望月だよ」

わたしは大きな声を張り上げていた。

「明日はどこへも行かない。ずっと家にいる。シズコさんのそばにいるよ」

シズコさんは何も言わなかった。言いたかったことをわたしが言ってあげることができた、とわたしは思った。シズコさんは目を閉じた。眠った、とわたしは思った。

夜の九時、体位交換にベッド・サイドに行く。いつものように、声をかける。

「お身体動かすよ、揺りかごだよ」

シズコさんは眠りのままにいるようだ。ことばを出すだけの体力がないのだろう。わたしは一人、しゃべりしながら体を揺らしこわばりをほぐしてあげる。何度もベッド・サイドを行ったり来たりしていると、シズコさんがかすかに目を覚ました。わたしは尋ねた。

「えらい?」(注記─岐阜弁で「しんどい?」の意味)

「か い て き」

一音一音、全身の力を出して、声にしようとする。

「快適? よかった! 眠ってね」

「か い て き」

体位交換でこわばった肉体がほぐれ「揺りかご」を感じたのだ、とわたしは思った。「快適」と確かに言ったのかどうか。わたしはそう思い込んだ。安心した。快適な眠りこそが大切、いまや眠りが最大の栄養なのだから。会話はそれだけだった。それだけしか話さなかった。ほどなく、シズコさんは目を閉じた。

わたしは安心して就寝し、次の体位交換の時間に起きた。三月十三日になったばかりの深夜一時半。様子がおかしい。ぐったりし、開ける目がひどくうつろだ。うろたえた。それから数時間、朝四時頃まで見守る。変化はない。不安ながらも、わたしはそれから二時間半ほど眠った。

朝七時。輸液パックの交換時間に合わせ目覚ましをセットしていたが、目覚ましが鳴る前にわたしは起きた。

「おはよう！」

「お身体動かすよー、揺りかごだよ」

シズコさんは目を開けるが、返事がない。

「お顔拭きだよ」

熱いタオルで顔を拭いてあげる。

「ああ、気持ちがいい」

いつも、とても喜んで言うそのことばが聞けない。それどころか、今朝はなんの反応もない。お口すすぎは意識がないのでしてあげられない。どうしたらいいのか。うろたえた。それでも、うっすらと開く眼が夜中の時とはちがい、はっきりとして生気が戻ってきているように見えた。

「いい眼をしはじめてきた。シズコさん、シズコさん、そばにいるよ！」

反応がない。

開業時間を待って病院に電話した。すぐに、いつもの医師と看護師が飛んできてくれた。医師は目を見、手の皮膚を抓《つね》って反応を見る。そして血圧、脈などを計った。そうして、病室にしている部屋の対面にある和室に、わたしを促した。

「昏睡です」

「昏睡?」

「医学用語でこのような状態を昏睡と言います。苦痛を感じるところを越えた状態です。今日か明日でしょう」

生唾をのみこんだ。頭は真っ白だった。「昏睡」とは「意識が完全に消失して、目覚めさせることができない状態」と辞書にある。そうだったのか。いつから「昏睡」になったのか。

「か い て き」とシズコさんは言った。快適って? 苦痛がとても強いとエンドルフィンが大量に出て、花園にいるような感覚になると、どこかで読んだことがある。あのとき、シズコさんは飛翔したのだ、きっと。数か月もベッドに貼りついて起き上がることのできなかった身は、軽やかに立ち上がり、自在に飛びまわり始めた。悠然としてにこやかに微笑みながら。

シズコさんは自足の思いに満たされていたにちがいない。自分は社中展を見届け、自分の役割、使命としたことのすべてをやり終えた。自分はやりきった、と。社中展など、他の人からすれば取るに足りないちっぽけなもの。生き延びていても会場に出かけられるわけでなく、わずかな数の弟子たちを除けば、誰にも何らの影響もない。ただ、自分が生きよう、生きなければならないと思うその日までを生きた。願いが充ちる円満具足、「きさらぎの望月」である。そのとき、魂は病む肉を離れ、軽々と飛び立っていた。

「最期のとき、誰いなくともおまえがそばにいてほしい」

シズコさんのことばが身の内に響きわたる。その夜、いつもとちがってシズコさんとお話できないままながら、わたしはピタリと寄り添った。翌早朝三月十四日、朝の光が見え始めた。それから一時間の後、シズコさんはしっかりと眼を開け、生き生きとした眼でわたしの顔をじっと見た。

「誰いなくとも、おまえのそばにいる。おまえをいつも見守っている」

眼は語っていた。わたしは叫んでいた。

「ありがとう、ありがとう、ありがとう！　ありがとーう！」

願ひおきし　花の下にて　をはりけり　蓮《はちす》の上も　たがはざるらん

（藤原俊成）

エピローグ

「最期まであんな笑顔でいられるなら、しあわせ。死ぬ恐怖は誰にもある。死にたい、なんて言う人がいるけれど、死にたい者なんて、誰もいない。あの笑顔、自分は安心した。見舞いに来て、大きな力をもらった」

シズコさんより五歳年下の見舞客がこんなことを言っていた。まことにシズコさんは、終末に向かう矢のごとき時間を、諦念と覚悟と決意のうちに、折々は動揺と激情のなか、笑顔で駆け抜けた。どれほど思いがけなくとも、どれほど理不尽でも、受け容れるほかない運命ならば受け容れてみせよう。微動だにできない寝たきりも、にこやかに引き受ける。自分を明け渡したり、絡めとられたりなんかしない。泣いても笑っても自分の人生は自分の人生。ならば、笑っていよう。

笑顔。それは、運命を甘受しつつ、みずからは主体として逃げることなく生きることだった。

山間の生まれ故郷・産土《うぶすな》に、シズコさんは還った。山川水が流れ、その三方を小さな里山が囲む。まことに「青垣山こもれる」昔からの地域共同体の墓地である。わたしが墓参りに行くと、決まってどこからともなくミツバチが一匹飛んでくる。花立てに花を手向けると、ミツバチは花の中心部に止まり、蜜を吸い、花の周りを飛び、経をとなえるわたしの周りを飛びまわる。何回かそんなことがあってから、わたしはミツバチに出会うことを期待するようになった。ふところに抱かれるような水と緑に恵まれたその地に、ミツバチがわたしを出迎え、わたしの傍らに寄り添う。

線香の燻《くゆ》る香りにしばらく佇んでいると、裾野をなす山の奥の方から、カサコソと音がする。猿の親子が、人の気配を窺いながら麓近くに降りてくる。木の葉の落ちるかすかな音、梢の揺れる音がする。大地の匂いがする。風はわたしの頬をなで、供花、ロウソクの灯をゆらす。墓石から目を外して少し遠くに目をやると、山の常緑は葉を揺らしつつ深い落ち着きをみせている。緑樹にそって上方に目を移すと、澄んだ青空が広がっている。そこに太陽が、コロナをともなって輻射《ふくしゃ》しつつ球をなし、まっすぐにわたしに光を投げる。静謐にして賑わい深く、透明にして彩り豊かなこの明るみは、いったい何なのか。笑い声が大きく聞こえる。

「元気でいるね」

太陽が笑っている。大地が、山が、木々が、この地が、微笑んでいる。数限りない死者たちの魂が、シズコさんが、わたしを出迎え、わたしに向かって微笑んでいる。

他界しても人の魂はなくならない。肉を脱ぎ、魂は自由自在に、天空を、大地を飛びまわる。今やわたしは、死者たちに寄り添われ、抱きとめられ、励まされている。

わたしはシズコさんに寄り添い「ふたりごころ」していたつもりだったが、方向は逆だった。先逝く人たちが生者を受けとめてくれている。木々や虫や川の流れ、空や月や太陽などあらゆる自然のなかに、死者たちの魂は溶け込んでいる。そのとき「ふたりごころ」は、自然とともにあり、自然に抱かれる「ふたりごころ」となる。


シズコさんを見送って丸一年後の春、我が庭の梅の木は、「主なしとて春を忘」れたのか、芽吹きに勢いなく、幹から大きく二本に別れた枝の一方はことに力なく、絶え絶えの様子を呈していた。もう一方の枝だけは、かろうじて緑葉をつけ実を成らせたが、粒も小さく少量で、シズコさんと大収穫を楽しんだ一年前とは比較にならなかった。見れば、木の芯が蝕まれている。一部は空洞になっている。消毒薬を注ぐも、手の打ちようがない。長年、我が庭の中心にあって、楚々とした花をつけ、早春の輝きを告げてきた梅の木である。

翌々年、梅の木はついに枯れてしまった。仕方なく切り取ってもらうことにした。その日、庭師の手元の作業を、わたしは背後からただ茫然と見守っていた。幹が根元から切り取られる。すると、その根元に、なんと梅の若芽が出ている！　枝の下方の葉はやわらかな色合いのさみどりに、上方の葉はほんのりとした紅色に華やいでいる。いまだヒョロリとしているが、孫生《ひこば》えだった。

あとがき

先頃、齢若い友人夫妻に赤ん坊が生まれ、二カ月目になる子をしばらく抱かせてもらいました。立って揺らしていると機嫌がいい。椅子に腰かけると、にわかに泣き出す。立ち上がり、あちらへ行ったりこちらへ行ったり揺ら揺らすると、たちまち泣き止む。気を許して椅子に腰かけ静止状態にすると、また泣き始める。急いで立ち上がり、揺ら揺ら歩き回る。赤ちゃんはにっこりとしてわたしを見上げ、機嫌よくしていました。

胎内にいて母親の身のリズムに委ねていた身体の記憶が、揺れを求めるのにちがいありません。人はそのリズムを身に刻みつけて生まれてくる。揺りかごとは、人の身のリズムをともに感じることなのでしょう。いのちはこのようにしてつながっていく。

母シズコさんを見送ってからわたしは書をたしなむようになりましたが、それは〝滲花〟という書人でもあった母の身のリズムを、我が身の内に感じたかったからです。臨書すると、書いた人の身のリズムと共振する。筆の弾力は人の身の弾力、動きとリズムを捉えてやみません。ことばと文字が人の身そのものであり、呼吸であり、生体のリズムであるというのは、日本語のもつ大きな特徴かもしれません。書字によるリズム、そして和歌の伝統にある五七のリズムもまた、わたしたちの身に親しいものです。

愛しい人の病発覚から衰弱への過激な下降に寄り添うことは、わたしにとって淋しさばかりでなく無念でした。見送るばかりが待ち受ける日々の悲しみに押しつぶされまいと、その日にあったこと、話したことを、わたしはひたすら克明に書きつづっていました。見送った後は、家のなかもわたしも奇妙にスカスカとしているようで、とまどいました。共振するリズムを見失っていたのです。赤ん坊なら泣いていました。それでも、死に向かうばかりの病床六尺も豊かで烈しい生の日々であり、苦しみだけがあるかにみえる長い時間も、美しい夕焼けややさしい月の光、やわらかな花の色につつまれた豊かなものであったことを想い起こしました。

巻頭の口絵にある「曼陀羅」二種は、志づ子／瀞花が元気なころ揮毫したとても大きな作品です。このような大作による個展を構想し、いざ制作というとき「余命三カ月」となりました。青天の霹靂でした。母は重大な決意をもって、文字どおりベッドを這い出て、書作しました。口絵にある折り帖十三巻（『子守唄曼陀羅』五巻と『鶴見和子　短歌六十選』八巻）がそれです。頁数にして全二〇〇頁。重篤を押し、渾身の力を振り絞って書いていました。その懸命な生の相《すがた》に、死ぬとはどういうことか、生きるとはどういうことかを、わたしは深く教えられました。死にゆく者が身を賭して、最後の贈り物を手渡そうとしていたのです。わたしはしっかりと受けとめたいと思います。

母親としていのちを産み出す生も、子としていのちを送りだす死も、生きものとしてのいのちが共振するもっとも根源的な場面です。多くの人がこの贈り物をともに受けとめてくださるなら、望外の喜びです。

題名に金子兜太氏のことばを借りましたが、氏はとても深い意味と思想を込めておられます。『万葉集』では「こころ」と読む漢字は三通りあり、「心」は自分に向かっていくこころ、「情」は相手に向かって開かれるこころ、と使い分けられています。前者を「ひとりごころ」、後者を「ふたりごころ」と、氏はみごとな命名をされました。人間は生きものとして、自然のあらゆるいのちあるもののひとつ。山も小石も木々も、自然の万象が生きている。「ふたりごころ」は、人間を含めたあらゆる生きものに開かれていくこころである、と。

「ふたりごころ」はいのちのつながり、生きものとしての宇宙自然のあらゆるつながりのなかへと、わたしたちを連れ出して行きます。金子先生には敬仰と感謝ばかりです。

拙稿はシズコさんの「ふたりごころ」によって書くことへと引き出されていったように思いま

すが、その重篤の身を支えられたのは、いのちに向き合う姿勢に貫かれた森逸治医師のおかげです。よい先生に巡りあえたことをまことにありがたく思います。

拙稿については、同世代、そして齢若い友人に読んでもらいました。緩和医療の専門家である東海中央病院渡邊正名誉院長には、突然の依頼にもかかわらず快く読んでいただき、ご教示を賜わりました。深く感謝申し上げます。多くの人にお力を借りながらも思わぬ過誤が残っているならば、ひとえにわたくしの力不足、どうかお許し願いたい。

藤原良雄社長には、前作『和歌と日本語』に続きお導きいただきました。氏および藤原書店のこれまでの出版物なしには、わたしはここに立っていないでしょう。感謝申し上げるばかりです。

表紙は、瀞花の絶筆です。生かされてきたことの深い感謝の声をお聞き留めいただければ、幸甚この上ございません。

二〇一五年十一月

いのちのつながりのなかにあることを、実感し感謝しつつ

篠田治美

篠田志づ子（滸花）

1921年（大正10）岐阜県洞戸村（現・関市）に生まれる
1940年（昭和15）岐阜県女子師範学校（現・岐阜大学）を卒業
1966年（昭和41）子育てが一段落し、45歳にて書の手習いを始める
1986年（昭和61）日展（書道部門）入選、以後2回入選
毎日書道展毎日賞受賞
1988年（昭和63）毎日二十一世紀賞入賞
1994年（平成6）東京書作展審査員となる
1999年（平成11）『萬葉戀歌六十選――名もなき人々の』個展および書作展
2003年（平成15）『凛　いのち曼陀羅』個展および書作展
東京書作展審査員、滸の会主宰等を歴任
2005年（平成17）『鶴見和子　短歌六十選』『子守唄曼陀羅』
2006年（平成18）著書『ぼく字すきやもん』（白鳳社）
2006年（平成18）3月14日没
2008年（平成20）遺墨展および書作集『花　夢中曼陀羅』『月　子守唄曼陀羅』

著者紹介

篠田治美（しのだ・はるみ）

1948（昭和 23）年岐阜市生。明治大学大学院文学研究科修士課程修了。岐阜県公立高等学校教諭として勤務後，現在，私学講師。

論文，エッセイに「『舞姫』――意味の不在に向かって」（『月刊 国語教育』）「ベンガルの学び舎」（『岐阜新聞』）等。「毎日二十一世紀賞」論文入賞（毎日新聞社）。著書に『和歌と日本語――万葉集から新古今集まで』（藤原書店）等。

ふたりごころ――生《せい》と死《し》の同行《どうぎょう》二人《ににん》

2015 年 12 月 30 日　初版第 1 刷発行 ©

著　者　篠　田　治　美
発行者　藤　原　良　雄
発行所　株式会社　藤　原　書　店

〒 162-0041　東京都新宿区早稲田鶴巻町 523
電　話　03（5272）0301
ＦＡＸ　03（5272）0450
振　替　00160 - 4 - 17013
info@fujiwara-shoten.co.jp

印刷・製本　中央精版印刷株式会社

落丁本・乱丁本はお取替えいたします
定価はカバーに表示してあります

Printed in Japan
ISBN978-4-86578-054-3

この十年に綴った最新の「新生」詩論

生光《せいこう》

辻井 喬

「昭和史」を長篇詩で書きえた『わたつみ 三部作』(一九九二~九九年)を自ら解説する「詩が滅びる時」。二〇〇五年、韓国の大詩人・高銀との出会いの衝撃を受けて、自身の詩・詩論が変わってゆく実感を綴る「高銀問題の重み」。近・現代詩、俳句・短歌をめぐってのエッセイ——詩人・辻井喬の詩作の道程、最新詩論の画期的集成。

四六上製 二八八頁 **二〇〇〇円**
(二〇一一年二月刊)
◇978-4-89434-787-8

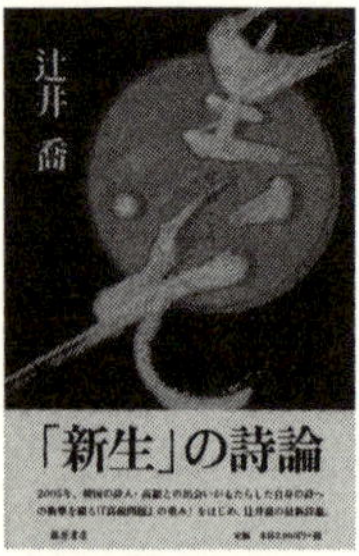

人の世と人間存在の曼陀羅図

下天(けてん)の内

大音寺一雄

「下田のお吉」(歴史小説)、「兆民襤褸」(政治小説)、「山椒太夫雑纂」(エッセイ)の、独立しているが相互に内的関連性をもつ小作品を第一部に、血縁が互いに孤立を深めていく無残を描いた自伝的小説を第二部におく綜合的創作の試み。

四六上製 三一二頁 **二八〇〇円**
(二〇一三年二月刊)
◇978-4-89434-901-8

最高の俳句/短歌 入門

語る 俳句 短歌

金子兜太+佐佐木幸綱

黒田杏子編 推薦=鶴見俊輔

「大政翼賛会の気分は日本に残っている。頭をさげていれば戦後は通りすぎるという共通の理解である。戦中もかかわりなく自分のもの言いを守った短詩型の健在を示したのが金子兜太、佐佐木幸綱である。二人の作風が若い世代を揺すぶる力となることを。」

四六上製 二七二頁 **二四〇〇円**
(二〇一〇年六月刊)
◇978-4-89434-746-5

「景と心はひとつ」

和歌と日本語 (万葉集から新古今集まで)

篠田治美

日本語には、〝自然と人間が一体としてある〟という認識が、奥ふかく織りこまれている——和歌を通して、大自然の律動を聞き、積み重ねられた歴史を受けとめる、日本の生のありようを綴る。

四六変上製 二四八頁 **二四〇〇円**
(二〇一一年一一月刊)
◇978-4-89434-886-8

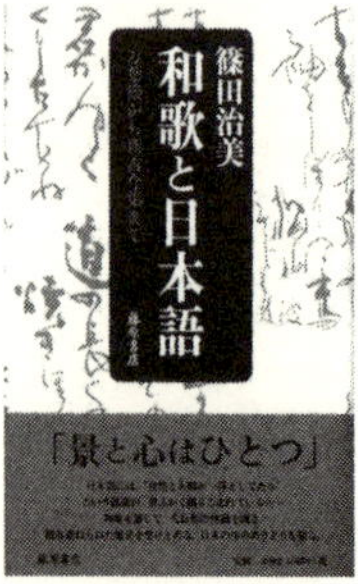

"文明間の対話"を提唱した仕掛け人が語る

「対話」の文化
〈言語・宗教・文明〉

服部英二＋鶴見和子

ユネスコという国際機関の中枢で言語と宗教という最も高い壁に挑みながら、数多くの国際会議を仕掛け、文化の違い、学問分野を越えた対話を実践してきた第一人者・服部英二と、「内発的発展論」の鶴見和子が、南方熊楠の曼荼羅論を援用しながら、自然と人間、異文化同士の共生の思想を探る。

四六上製　二二四頁　**二四〇〇円**
（二〇〇六年二月刊）◇978-4-89434-500-3

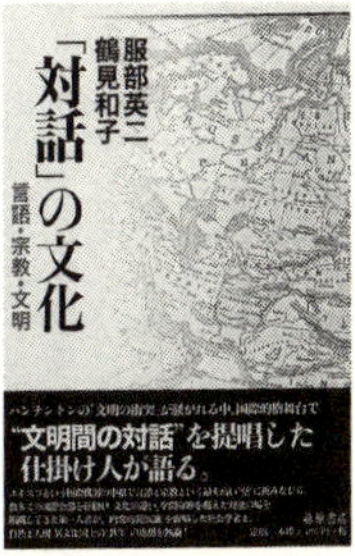

「人生の達人」と「障害の鉄人」、初めて出会う

米寿快談
〈俳句・短歌・いのち〉

金子兜太＋鶴見和子
編集協力＝黒田杏子

反骨を貫いてきた戦後俳句界の巨星、金子兜太。脳出血で斃れてのち、短歌で思想を切り拓いてきた鶴見和子。米寿を前に初めて出会った二人が、定型詩の世界に自由闊達に遊び、語らう中で、いつしか生きることの色艶がにじみだす、円熟の対話。　**口絵八頁**

四六上製　二九六頁　**二八〇〇円**
（二〇〇六年五月刊）◇978-4-89434-514-0

詩学と科学の統合

「内発的発展」とは何か
〈新しい学問に向けて〉

川勝平太＋鶴見和子

「詩学のない学問はつまらない」（鶴見）「日本の学問は美学・詩学が総合されたものになる」（川勝）――社会学者・鶴見和子と、その「内発的発展論」の核心を看破した歴史学者・川勝平太との、最初で最後の渾身の対話。

B6変上製　二四〇頁　**二二〇〇円**
（二〇〇八年一一月刊）**品切**◇978-4-89434-660-4

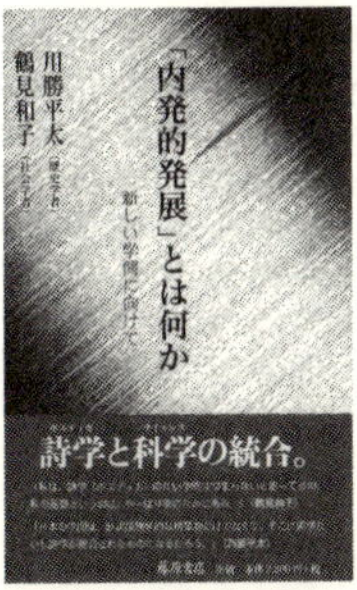

"あなたの写真は歴史なのよ"

魂との出会い
〈写真家と社会学者の対話〉

大石芳野＋鶴見和子

人々の魂の奥底から湧き出るものに迫る大石作品の秘密とは？　パプア・ニューギニアから、カンボジア、ベトナム、アウシュビッツ、沖縄、広島、そしてコソボ、アフガニスタン……珠玉の作品六〇点を収録。フォトジャーナリズムの第一人者と世界的社会学者との徹底対話。　**2色刷・写真集と対話**

A5変上製　一九二頁　**三〇〇〇円**
（二〇〇七年一一月刊）◇978-4-89434-601-7

随筆家・岡部伊都子の原点

岡部伊都子作品選　美と巡礼　（全5巻）

四六上製カバー装　各巻口絵・解説付
題字・**篠田瀞花**

1963年「古都ひとり」で、“美なるもの”を、反戦・平和・自然・環境といった社会問題、いのちへの慈しみ、そしてそれらを脅かすものへの怒りとさえ、見事に結合させる境地を開いた随筆家、岡部伊都子。色と色のあわいに目のとどく細やかさにあふれた、弾けるように瑞々しい60～70年代の文章が、ゆきとどいた編集で現代に甦る。

古都ひとり　［解説］上野　朱

「なんとなくうつくしいイメージの匂い立ってくるような「古都ひとり」ということば。……くりかえしくりかえしくちずさんでいるうち、心の奥底からふるふる浮かびあがってくるのは「呪」「呪」「呪」。」

216頁　**2000円**　◇978-4-89434-430-3（2005年1月刊）

かなしむ言葉　［解説］水原紫苑

「みわたすかぎりやわらかなぐれいの雲の波のつづくなかに、ほっかり、ほっかり、うかびあがる山のいただき。……山上で朝を迎えるたびに、大地が雲のようにうごめき、峰は親しい人めいて心によりそう。」

224頁　**2000円**　◇978-4-89434-436-5（2005年2月刊）

美のうらみ　［解説］朴 才 暎

「私の虚弱な精神と感覚は、秋の華麗を紅でよりも、むしろ黄の炎のような、黄金の葉の方に深く感じていた。紅もみじの悲しみより、黄もみじのあわれの方が、素直にはいってゆけたのだ。そのころ、私は怒りを知らなかったのだと思う。」

224頁　**2000円**　◇978-4-89434-439-6（2005年3月刊）

女人の京　［解説］道浦母都子

「つくづくと思う。老いはたしかに、いのちの四苦のひとつである。日々、音たてて老いてゆくこの実感のかなしさ。……おびただしい人びとが、同じこの憂鬱と向い合い、耐え、闘って生きてきた、いや、生きているのだ。」

240頁　**2400円**　◇978-4-89434-449-5（2005年5月刊）

玉ゆらめく　［解説］佐高　信

「人のいのちは、からだと魂とがひとつにからみ合って燃えている。……さまざまなできごとのなかで、もっとも純粋に魂をいためるものは、やはり恋か。恋によってよくもあしくも玉の緒がゆらぐ。」

200頁　**2400円**　◇978-4-89434-447-1（2005年4月刊）

わが心の言葉

清《ちゅ》らに生きる
〔伊都子のことば〕

岡部伊都子

人びとの心のかすかな揺れ、そのあわいの吐息を文章に写しとりつづけてきた随筆家、岡部伊都子は、その人生を、いかに生きぬいてきたか。一三〇余冊の著書から、一つ一つのことばに結晶するその思いのすべてを、とりわけ心に響く珠玉の言葉を精選。

B6変上製　二二四頁　一八〇〇円
（二〇〇七年七月刊）
◇978-4-89434-583-6

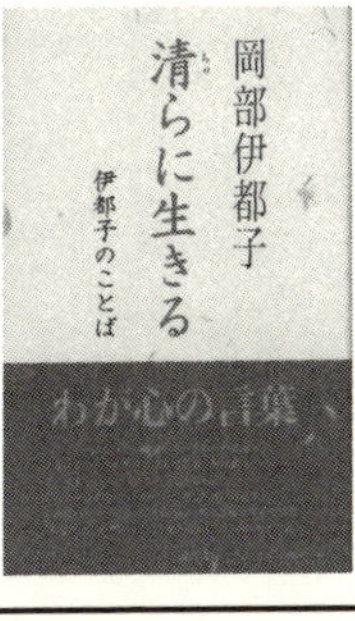

短歌が支えた生の軌跡

歌集 回生

鶴見和子
序＝佐佐木由幾

一九九五年一二月二四日、脳出血で斃れたその夜から、半世紀ぶりに迸り出た短歌一四五首。左半身麻痺を抱えた著者の「回生」の足跡を内面から克明に描き、リハビリテーション途上にある全ての人に力を与える短歌の数々を収め、生命とは、ことばとは何かを深く問いかける伝説の書。

菊変上製　一二〇頁　二八〇〇円
（二〇〇一年六月刊）
◇978-4-89434-239-2

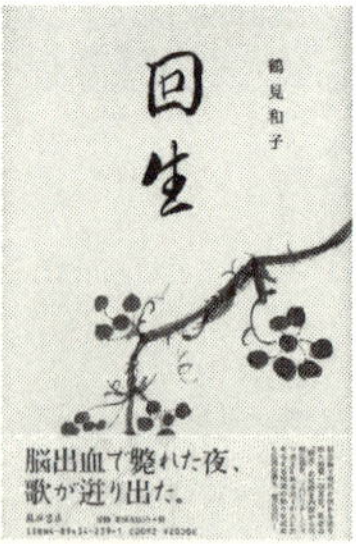

『回生』に続く待望の第三歌集

歌集 花道

鶴見和子

「短歌は究極の思想表現の方法である。」――大反響を呼んだ半世紀ぶりの歌集『回生』から三年、きもの・おどりなど生涯を貫く文化的素養と、国境を越えて展開されてきた学問的蓄積が、脳出血後のリハビリテーション生活の中で見事に結びつき、美しく結晶した、待望の第三歌集。

菊上製　一三六頁　二八〇〇円
（二〇〇〇年二月刊）
◇978-4-89434-165-4

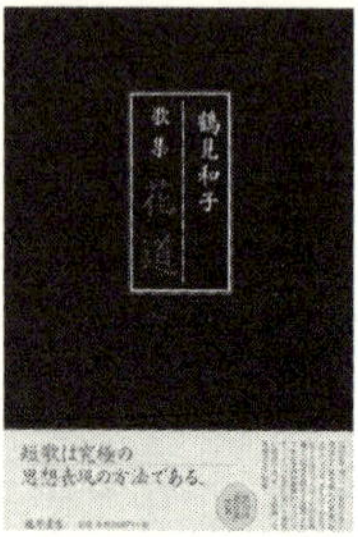

最も充実をみせた最終歌集

歌集 山姥

鶴見和子
序＝鶴見俊輔　解説＝佐佐木幸綱

脳出血で斃れた瞬間に、歌が噴き上げた――片身麻痺となりながらも短歌を支えに歩んできた、鶴見和子の〝回生〟の十年。『虹』『回生』『花道』に続き、最晩年の作をまとめた最終歌集。

菊上製　三二八頁　四六〇〇円
（二〇〇七年一〇月刊）
◇978-4-89434-582-9

限定愛蔵版　三百部限定
布クロス装貼函入豪華製本
口絵写真八頁／しおり付　**八八〇〇円**
（二〇〇七年一一月刊）
◇978-4-89434-588-1

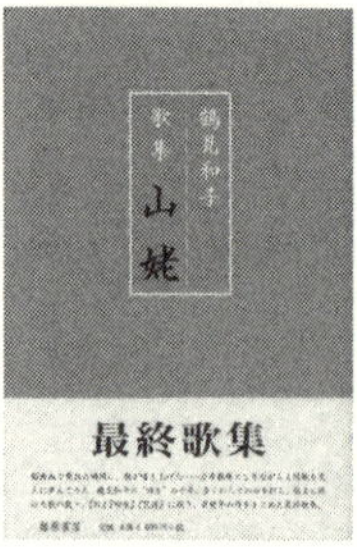

最後のメッセージ

遺言

〔斃《たお》れてのち元《はじ》まる〕

鶴見和子

近代化論を乗り超えるべく提唱した〝内発的発展論〟。〝異なるものが異なるままに〟ともに生きるあり方を〝南方曼荼羅〟として読み解く――強者―弱者、中心―周縁、異物排除の現状と果敢に闘い、私たちがめざす社会の全く独自な未来像を描いた、稀有な思想家の最後のメッセージ。

四六上製　二二四頁　二二〇〇円
（二〇〇七年一月刊）
◇978-4-89434-556-0

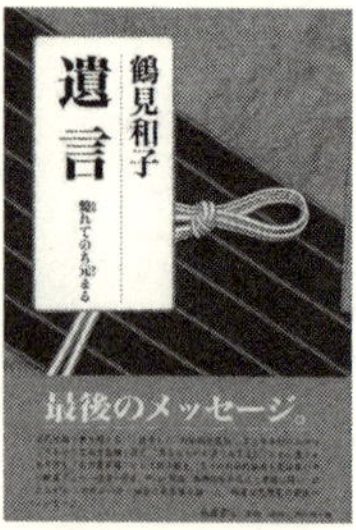